In Liebe, Elena

••

Die Deutsche Bibliothek – CIP-Einheitsaufnahme
Janitz, Katrin:
In Liebe, Elena: Roman / Katrin Janitz.
Berlin : Krug & Schadenberg, 2004
ISBN 3-930041-39-1

Originalausgabe
1. Auflage 2004

Lektorat: Andrea Krug, Berlin
Satz und Gestaltung: Grafikbüro Schadenberg, Berlin
Umschlagfoto: Bilderberg, Eberhard Grames
Druck: Clausen & Bosse, Leck

Wir schicken Ihnen gern unser kostenloses Gesamtverzeichnis:
Verlag Krug & Schadenberg, Arndtstr. 34, 10965 Berlin
Tel. (030) 61 62 57 52, Fax (030) 61 62 57 51
info@krugschadenberg.de, www.krugschadenberg.de

Katrin Janitz

In Liebe, Elena

Roman

Krug & Schadenberg

Danksagung

Ich danke allen, die zum Entstehen dieses Romans beigetragen haben, allen voran meinen Verlegerinnen Andrea Krug und Dagmar Schadenberg für die kreative Zusammenarbeit und den Glauben an mich sowie meiner Lebensgefährtin Annett Oertel für ihre Geduld mit mir und ihre Liebe. Danke!

Prolog

Barcelona
Dezember 2002

Barcelona ist schön im Winter, keine Rede von Schneematsch und tagelangem Regen wie in Berlin. Statt dessen Meeresluft, die lauten Rufe der temperamentvollen katalanischen Straßenhändler und eine Architektur, die einem Traum entsprungen scheint.

Um sechs Uhr früh liege ich an diesem Wintertag hellwach in meinem Bett. Mein Herz schlägt zu schnell für Alltag und Entspannung. Miriam erfüllt meine Gedanken. Die Erinnerung an die gemeinsame Zeit mit ihr, ihre schmale Gestalt an diesem Fenster, der Blick aus ihren blauen Augen über die Stadt.

Das winzige Apartment in der Altstadt ist klein und heruntergekommen. Der Aufzug funktioniert nur selten; man gewöhnt sich daran, zwischen dem zweiten und dem fünften Stock steckenzubleiben. Es wohnen fast nur Studentinnen und Künstlerinnen hier, und die besten Gespräche ergeben sich, wenn wir wieder einmal minutenlang festsitzen – elementare Themen, da der Fluchtweg abgeschnitten ist.

Das Wasser aus dem Heißwasserhahn im Bad ist nur im Sommer wirklich warm, und in der Küche, in der ich beim Kochen beinahe Platzangst bekomme, steht ein vorsintflutliches Ungetüm von Gasherd, das, so fürchte ich, irgendwann mit mir und allen meinen Bildern in die Luft gehen wird. Dennoch immer wieder das Glücksgefühl darüber, dass ich hiersein darf – immer wenn die Sehnsucht nach ihr in den Hintergrund tritt. Warten auf Miriam. Auch heute.

Hamburg
März 2002

I

Der Sommer war die Zeit der vielen Mücken, der sternenklaren Nächte und der schwülen Tage. Ihm ging Renées und mein Frühling voraus. Er würde mir immer als unser Frühling in Erinnerung bleiben, die einzigartigen Momente, die sich heraushoben aus der langen Reihe endloser Apriltage: Renées Augen, dunkel vor Begierde, Gier nach meinem Atem, meinen Händen, meiner Haut. Doch zu mehr reichte ihre Lust nicht aus. Es wurde der Sommer, in dem ich sie verlor, der Sommer, in dem ich Miriam begegnete. Und mir selbst.

Mit Barcelona verband ich im März nicht mehr als einige verblasste Erinnerungen und ein paar Postkartenmotive. Zwar war mein Vater Spanier, doch ich hatte lediglich dreimal die Sommerferien dort verbracht, und zwar lange bevor ich auf das Gymnasium überwechselte. Seit meinem neunten Geburtstag war die Herkunft meines Vaters in unserem Hause tabu. Meine Mutter litt an Migräne, die immer dann einsetzte, wenn Themen zur Sprache kamen, die ihr Unbehagen verursachten, und die Familie ihres Mannes gehörte dazu. Wahrscheinlich zog die temperamentvolle Lebensfreude meine Mutter, die ihr Leben lang unterkühlt und beherrscht wirkte, magisch an und stieß sie gleichzeitig ab.

Ich war fünfundzwanzig Jahre alt. Wir lebten in Hamburg, wo mein Vater als erfolgreicher Anwalt für Steuerrecht arbeitete. Meine Kindheit verbrachte ich in einer perfekten Illusion von Geborgenheit, inmitten einer Vorortidylle. Sorgfältig gehätschelte Rosenrabatten und penibel gestutzte Hecken machten die Gedanken träge, und meine Eltern besaßen sehr genaue Vorstellungen davon, was richtig und was falsch war. Als ich meinen Wunsch, Malerin zu werden, erst einmal durchgesetzt hatte, verplanten sie mein Leben auf Jahre: Privatlehrer, Kunsthochschule, anschließend Praktikum in der Werbeagentur eines Geschäftsfreundes meines Vaters. Das Gefühl zu ersticken wuchs langsam, aber stetig.

Im Jahr 1999 starb mein einziger Bruder durch einen Autounfall.

Meine Mutter lebte weiter wie zuvor, indem sie alles verdrängte – die Trauer, die Wut, selbst seinen Tod. Ihr Tagesablauf war minutiös geplant, die Rituale gaben ihr Halt und ließen keinerlei Spielraum: um elf Uhr Friseur, um zwölf Uhr dreißig Essen mit ihrer besten Freundin, um vierzehn Uhr Tennis oder Golf, um siebzehn Uhr fünfzehn ein Bad, um zwanzig Uhr eine Theateraufführung, ein Konzert oder eine Wohltätigkeitsveranstaltung. Ihre Perfektion war bewundernswert und beängstigend zugleich.

Mein Vater spielte mit, so gut es ging. Er liebte sie abgöttisch, und wenn er weinen wollte, zog er sich in die Abgeschiedenheit seines Arbeitszimmers zurück. Er tat stets, was sie verlangte, und begriff nicht, dass sie ihn mit den Jahren gerade dafür zu verachten begann. Die Blicke, die sie ihm beim Frühstück zuwarf, sprachen Bände, doch er schien sie nicht zu bemerken. Ich verspürte oftmals den Drang, ihn anzuschreien – »Reiß dich zusammen, verdammt noch mal!« –, doch es gelang mir nicht, mein Schweigen zu durchbrechen, viel zu tief war ich in meiner eigenen Trauer gefangen, viel zu sehr durch das fehlende Interesse an mir selbst verletzt. Nach außen waren wir die perfekte Familie. Nach innen herrschte nichts als Schweigen und Lüge.

Ich kann mich nur an ein einziges Mal erinnern, dass meine Mutter die Beherrschung verlor. Drei Tage hatte ich in meinem Zimmer gesessen, wortlos, ohne zu essen, die immer gleiche CD auf »Repeat« gehört, eine Zigarette nach der anderen geraucht, den Blick starr auf die weiße Wand gegenüber meinem Bett gerichtet. Es war der Zeitpunkt, zu dem ich begann, das Gesicht meines Bruders zu vergessen. Ich verspürte deswegen ein Schuldgefühl, das mich völlig lähmte. Schließlich stürmte meine Mutter in mein Zimmer. Ihre Stimme überschlug sich vor Hysterie: »Was denkst du, was du hier tust, Elena?«

Sie zog den Stecker meiner Stereoanlage heraus, und die plötzliche Stille war unerträglich laut, mein schneller Atem auf einmal hörbar, ihr Schluchzen, als sie die Hände vors Gesicht schlug. Ich starrte sie an, sprachlos, sah sie zum ersten Mal seit langer Zeit, ihre Hände, die alt geworden waren in den letzten Jahren.

»Kannst du dich noch an seine Augen erinnern?«

Meine Stimme rauh und kratzig, ungeübt. Sie erwiderte meinen Blick, eine Sekunde, vielleicht auch zwei, dann drehte sie sich um und ging wortlos hinaus. Es war seit langer Zeit das erste Mal, dass ich sah, dass sie etwas fühlte – ich sah, wie verletzbar sie hinter ihrer Maske der Normalität war.

Doch von Stund an begegneten wir uns wie Fremde. Sie versank in einer mehrere Tage anhaltenden Migräneattacke, während mein Vater mich stumm und schuldbewusst ansah. Vielleicht hasste sie mich, weil ich ihre Schwäche gesehen hatte; vielleicht war es ihr aber auch gleichgültig, was ich über sie erfahren hatte. Mit Olivers Tod schienen meine Eltern jedes

Interesse an mir verloren zu haben. Manchmal denke ich allerdings, dass es vorher nicht anders gewesen war, ich es nur nie hatte wahrhaben wollen, weil ich ihn so sehr liebte.

Es fiel ihnen nicht auf, dass ich längst keinen Freund mehr mit nach Hause brachte, und ich verspürte keine Lust, ihnen von meiner Liebe zu Frauen zu erzählen, zumal meine Beziehungen so flüchtig waren, dass es kaum lohnte, ihretwegen das Schweigen zu brechen. Ich fand es ganz normal, sich nach einer kurzen Phase von Lust und Verliebtheit zu verabschieden, nichts anderes erlebte ich Woche für Woche in den Bars und Cafés. Einige Drinks zusammen, ein Abendessen vielleicht, schließlich miteinander ins Bett und dann die Trennung, wenn der Hunger auf die Haut der anderen nachließ. Mir ging es nicht einmal schlecht dabei. So dachte ich zumindest.

Anfang März besorgte mir eine Freundin eine Karte für das Konzert einer damals ziemlich angesagten Band. Das Event war seit Wochen ausverkauft, doch meine Begeisterung hielt sich in Grenzen, als ich am Freitagabend in die U-Bahn stieg. Der dämmrig-graue Himmel trug nicht dazu bei, meine Stimmung zu heben, und die Menschenmassen im Waggon, ein Vorgeschmack auf die überfüllte Halle, machten mich zunehmend aggressiv.

Als ich mich in der Menge endlich halbwegs nach vorn gedrängelt hatte und einer durchgestylt wirkenden Vorband lauschte, sah ich sie zum ersten Mal. Sie stand gut zwei Meter rechts von mir, ihr knallrotes Haar leuchtete im Scheinwerferlicht. Sie wippte leicht auf den Zehenspitzen im Takt der Musik, sang halblaut mit und sah dabei unverschämt glücklich aus. Ich versuchte unauffällig, näher an sie heranzukommen, was mir nach einer Weile hartnäckigen Schiebens auch gelang. Nun standen wir Arm an Arm, nur wenige Millimeter voneinander entfernt, und als die Hauptgruppe die Bühne betrat, war ich mit meinen Gedanken überall, nur nicht bei der Musik.

Zwei oder drei Mal lächelte sie mich von der Seite an, und ich lächelte zurück und spürte, wie allmählich eine Spur ihres Glücksgefühls auf mich abfärbte. Weit weg schienen die Eiseskälte daheim und der Alltag an der Uni, weit weg selbst die allgegenwärtige Trauer seit Olivers Unfall.

»Gut, oder?«

Ihre Stimme in meinem Ohr, laut und rauh. Ich nickte nur. Jede weitere Antwort war bei der Lautstärke zwecklos.

Als die Lichter in der Pause angingen, drehte sie sich zu mir um und lächelte mich an. »Ich heiße Renée.«

»Elena.«

»Bist du immer so schweigsam, Elena?«

Das Lächeln in ihren Augen vertiefte sich.

»Nein.«

Sie griff in die Hosentasche, zog einen Zettel und einen Stift hervor und kritzelte eilig etwas nieder.

»Hier – ich würde mich freuen.«

Eine Telefonnummer, weiter nichts. Als ich aufsah, war sie schon fort und blieb für den Rest des Konzertes verschwunden, so sehr ich auch den Hals nach ihr reckte.

Auf dem Heimweg, gedankenversunken, festigte sich bereits das Gefühl, mich verliebt zu haben. Das Entscheidende daran war, dass ich mich verlieben wollte und dass ich mir dessen vollauf bewusst war. Vielleicht wäre damals jede die Richtige gewesen, solange sie mir nur das Gefühl gab, besonders zu sein. Ein dringend ersehnter Kontrapunkt zu der Gleichgültigkeit, die zu Hause herrschte, eine Bestätigung, die meine Unsicherheit aufwog, die alles umfasste, allem voran meine

Gefühle, meine Träume. Ich schätze, an diesem Anspruch wäre jede Frau gescheitert.

In der Küche brannte Licht. Meine Mutter saß am Tisch und erwartete mich, was sonst nie passierte. Meistens gingen wir uns aus dem Weg. Wir waren so verschieden, wie zwei Menschen es nur sein können, und nicht bereit, unsere Enttäuschung darüber, dass wir offensichtlich nicht die gleiche Sprache sprachen, zu verbergen.

»Und – war es nett?« fragte sie, bemüht freundlich. Sie wirkte verändert, ihre Gesichtszüge entspannter als sonst, beinahe weich.

Ihre kühle Reserviertheit hatte meine ganze Kindheit geprägt, ihre absolute Beherrschtheit, die sie davon abhielt, fröhlich und ausgelassen und spontan zu sein, so wie ich es in Barcelona mit meinem Vater gewesen war. Ihr furchtsames Zurückschrecken vor allem Leben trieb sie immer tiefer in ihre Migräne, die ihr gleichzeitig eine wirksame Waffe gegen die Wünsche meines Vaters in die Hand gab.

Ich ging zur Spüle, füllte ein Glas bis zum Rand mit Wasser und trank es in einem Zug aus.

»Ganz okay«, antwortete ich und wandte mich zum Gehen.

»Elena?«

»Was ist?«

Meine Stimme lauter als nötig.

»Nichts.«

Wieder verfiel sie in ihr Schweigen und verknotete hilflos die Finger ineinander. Diese Geste war so untypisch für meine Mutter, dass ich aufmerkte.

»Ist Vater noch nicht heimgekommen?«

»Nein.«

Es war beinahe halb zwei. Oft saß er um diese Zeit noch in seinem Arbeitszimmer, hörte Musik oder las. Heute war es still und dunkel dort.

»Wir hatten Streit.«

Die Worte brüchig und klein, als wollte sie sich bei mir entschuldigen. In mir wachsendes Erstaunen. Ich konnte mich nicht erinnern, wann meine Eltern sich zuletzt gestritten hatten. Meistens schwieg meine Mutter, wenn sich Meinungsverschiedenheiten abzeichneten, und legte sich mit Leidensmiene ins Bett, starrte in den verdunkelten Raum, bis mein Vater es nicht mehr ertrug, zu ihr ging und nachgab.

»Dein Vater ...«

Sie wandte den Blick ab.

»Er hat mich mit einem Bekannten gesehen.«

»Ja, und?«

»Nichts und. Ich wollte nur, dass du es weißt.«

Noch weigerte ich mich zu glauben, was sie mir andeutete. Sie traf sich mit einem anderen Mann? Das passte doch gar nicht zu der absoluten Kontrolle, die sie über ihr Leben und ihre Gefühle ausübte.

»Und – ist da was zwischen euch?«

Für einen Moment sah sie mir in die Augen, direkt und ohne ihre schützende Hülle. Zum ersten Mal ahnte ich ihre Unsicherheit, in der sie mir so ähnlich war. Dann stand sie abrupt auf, schüttelte den Kopf und ging zur Tür.

»Tut mir leid«, flüsterte sie so leise, dass ich sie kaum verstand. »Tut mir leid – ich kann nicht darüber reden.«

Ich stand in der Küche, das leere Glas noch immer in der Hand. Zum ersten Mal seit Jahren verspürte ich den Impuls, sie zu berühren, doch sie war längst gegangen, ich war allein. Ich begriff, dass die Fassade der Perfektion in unserer Familie langsam zu bröckeln begann. Und ich war offenbar nicht die einzige, die Angst davor hatte.

Mein Vater kehrte erst im Morgengrauen zurück. Kurz darauf drangen die lauten Stimmen meiner Eltern aus einem der Schlafzimmer, mühsam beherrschter Frust in ihren Worten. Irgendwann schlief ich ein, den Kopf unter dem Kissen vergraben. Ich träumte von Renées hellblauen Augen.

Als ich am nächsten Morgen übernächtigt in die Küche trat, saß mein Vater am Tisch, den Kopf in den Händen. Er sah aus, als ob er noch immer dieselben Sachen wie am Vortag trug, die Schatten unter seinen Augen waren noch tiefer als sonst.

»Willst du Kaffee?«

Ein erschrockener Blick aus müden Augen; er fuhr sich mit den Händen durch das dichte Haar, durch das sich seit einiger Zeit die ersten grauen Strähnen zogen.

»Ja, bitte.«

Als ich zwei dampfende Becher auf den Tisch stellte, seufzte er leise.

»Was habe ich bloß falsch gemacht?«

»Zuviel getrunken, schätze ich.«

Sein Lachen leise, aber immerhin.

»Nein. Ich meine ja, aber ich dachte eher an die ganzen letzten Jahre.«

Ich setzte mich ihm gegenüber.

»Willst du eine ehrliche Antwort?«

Er sah mich an, stumm.

»Warum habt ihr nie mit mir über Oliver geredet?«

Mein Vater zuckte die Schultern und betrachtete seine Hände, als sähe er sie zum ersten Mal.

»Ich schätze, weil deine Mutter es nicht wollte.«

»Und was ist mit dir, mit dem, was du wolltest? Oder ich?«

Schweigen. Im Hintergrund das Zuschlagen einer Autotür. Der Wagen meiner Mutter fuhr knirschend die kiesbestreute Einfahrt hinunter.

Die Zeiger der Küchenuhr scheuchten mich schließlich auf – in wenigen Minuten war ich mit Renée in der Innenstadt zum Frühstück verabredet. Der Mann, den ich in der Küche zurückließ, trank schweigend seinen Kaffee, unglücklich und dennoch unfähig, aus seinen Denkmustern auszubrechen. Allein meine Verabredung hielt mich davon ab zu explodieren. Es war ein Aufschub, der nur von kurzer Dauer sein konnte.

Renée war bereits dort, als ich das Café betrat. Ich blieb einen Moment in der Tür stehen und beobachtete sie. Sie saß an einem Tisch, blätterte desinteressiert in einer Zeitschrift und strich sich flüchtig das kinnlange Haar aus dem Gesicht. Sie wirkte enorm selbstsicher, ganz im Gegensatz zu dem, wie ich mich fühlte. Und sie sah großartig aus, daran bestand kein Zweifel. Hochgewachsen und schlank, mit muskulösen Armen und Oberschenkeln, die ihre Sportlichkeit ahnen ließen.

Als sie mich entdeckte, ging ich hinüber, setzte mich zu ihr und bestellte schnell einen Milchkaffee, um meinen Händen eine Beschäftigung zu geben. Gefangen in ihrem hellblauen Blick, fühlte ich mich zunehmend unsicherer in meiner Lust auf sie und senkte die Augen. Sie hatte von Anfang an gewonnen, und sie wusste es.

»Wir haben nicht viel Zeit.«

»Was?«

Ich wagte es, aufzusehen und mich der Intensität ihres Blickes wieder auszusetzen. Sie lächelte.

»Morgen muss ich zurück nach Berlin.«

»Du lebst in Berlin?«

Sie nickte, weiterhin lächelnd. Ich hatte das Gefühl, der Boden unter mir würde sich auftun.

»Ich studiere dort.«

Rasch überschlug ich, wie viele Kilometer zwischen Hamburg und Berlin lagen. Zu viele. Egal, wie ich es drehte und wendete.

»Kommst du mich mal besuchen?«

Sie sah mich mit schiefgelegtem Kopf an, die Lippen geschürzt. Ich schwankte zwischen Verzweiflung und Lachen, entschied mich schließlich für letzteres. Was blieb mir anderes übrig?

»Sicher.«

Ich tat, was ich noch nie getan hatte: Ich nahm Renée an jenem Abend mit zu mir. Die Trennung, die ich bis dahin immer zwischen meinem Zuhause und meinen Beziehungen gezogen hatte, erschien mir auf einmal absurd, aber vielleicht lag es auch einfach nur daran, dass ich sie unbedingt wollte, bevor sie wieder fortfuhr. Ein Unterpfand für unser Wiedersehen, etwas, an das ich mich in den folgenden Tagen klammern konnte.

Niemand begegnete uns, als ich die Haustür aufschloss. Unter der Tür des Arbeitszimmers jedoch war Licht zu sehen, und aus dem Wohnzimmer erklang der Fernseher – meine Mutter sah sich eine Talkshow an.

»Wahnsinn! Ihr habt eine Menge Kohle, was?« flüsterte Renée, schon auf der Treppe, und aus irgendeinem unerfindlichen Grund musste ich kichern, obwohl an dieser Tatsache an sich nichts Komisches war. Eher schon daran, dass ich mich im Alter von fünfundzwanzig Jahren zum ersten Mal mit einer Freundin in das Haus meiner Eltern stahl.

Als wir an der geschlossenen Tür von Olivers ehemaligem Zimmer vorbeikamen, stutzte sie und betrachtete die Plakate, die dort angebracht waren.

»Wessen Zimmer ist das hier?«

Beinahe bereute ich schon, sie mitgenommen zu haben, doch es gab kein Zurück.

»Das meines Bruders.«

Ich verspürte keine Lust, ihr die ganze Geschichte zu erzählen; die Erinnerung war mir zu nah, um sie mit ihr zu teilen, einer Frau, die ich erst wenige Stunden kannte.

In meinem Zimmer ging sie an den Regalen entlang und ließ ihren Finger über die Buchrücken gleiten. Ich setzte mich aufs Bett und beobachtete sie, sah meine Bilder durch ihre Augen, meine Fotos, die Kleidungsstücke, die herumlagen. War es so, wie ich es mir vorgestellt hatte? Sie ließ mir keine Zeit, um darüber nachzudenken. Sie drehte sich um und zog ihren Pullover aus, unter dem sie nichts trug. Nichts als ihre Haut, ihren fremden Duft, ihren trainierten Körper. »Willkommen in meinem Leben«, sagte sie, und das gleiche sagten ihre Lippen zu meinen, zu meinen Händen, meinem Rücken, meinem Bauch.

Sehr viel später klappte eine Tür auf dem Flur, und kurz darauf eine zweite. Nein, sie hatten nicht nach ihr gefragt, doch Renée tat es.

»Schlafen deine Eltern getrennt?«

Ihr Kopf lag auf meiner Brust, ihre Haare waren zerzaust und dunkel in dem Dämmerlicht, das durch die Dachfenster hineinfiel.

Ich nickte, und sie hob den Kopf und sah mich an. Sie sah anders aus in diesem Moment, fast durchscheinend.

»Schon lange?«

»Schon ewig.«

Sie sagte nichts mehr in dieser Nacht. Doch ich glaube, Renée begriff damals sehr viel mehr von mir, als ich ahnte.

Mein Vater saß in der Küche, als wir am nächsten Morgen herunterkamen. Es erschien mir auf einmal unmöglich, sie hinauszuschmuggeln, als hätten wir etwas Schlechtes getan, und ihr schien das recht zu sein. Renée setzte sich zu meinem Vater an den Tisch, und in kürzester Zeit waren die beiden in ein Gespräch über Tennis vertieft und schienen mich vergessen zu haben. Ich schenkte mir einen Becher Kaffee ein, stark und schwarz, und schlenderte damit hinüber ins Wohnzimmer.

Meine Mutter stand an der Terrassentür und sah hinaus, reglos. In ihrem Spiegelbild konnte ich ihren angespannten Gesichtsausdruck erkennen. Sie sah aus, als fechte sie einen stummen inneren Kampf aus, dessen Ausgang ungewiss war.

»Alles in Ordnung?«

Ich legte ihr eine Hand auf die Schulter, holte unbewusst das nach, was ich am Abend zuvor bereits hatte tun wollen. Etwas in mir hatte nachgegeben in der vergangenen Nacht, etwas, das mich bewog, auf sie zuzugehen, anstatt ihr wie sonst auszuweichen.

Sie wandte sich um und ergriff meine Hand. Ich war erschrocken, wie kalt ihre Finger waren.

»Nein, Elena. Ich fürchte, nein.«

Sie seufzte und sah mich an. Ihre rotgeweinten Augen bildeten einen schmerzlichen Kontrast zu ihrer Blässe.

»Was ist passiert?«

»Ich habe jemanden kennengelernt. Ich habe mich verliebt.« Schweigen, nur das Ticken der Standuhr ohrenbetäubend laut.

Das gleiche Zimmer wie zuvor, und doch hatte sich alles verändert.

»Wie ernst ist es?«

Meine Stimme wie von weit her, rational, abwägend. Die Gedanken dahinter wie ein einstürzendes Kartenhaus. Ich bemerkte erst jetzt, wie sehr ich selbst die Illusion der heilen Familienwelt gebraucht hatte, die Illusion von Geborgenheit, auch wenn sie nur Schein war, um weiteratmen zu können. Jetzt war nichts mehr davon übrig.

»Sehr ernst. Ich werde deinem Vater weh tun müssen.«

»Das tust du doch schon seit Jahren.«

Der Schmerz musste hinaus jetzt, ich wollte sie verletzen, um den Augenblick ertragen zu können. Meine Mutter lächelte mit traurigem Gesicht; sie wehrte sich nicht. Ich nahm sie bei den Schultern, hielt sie fest, schüttelte sie.

»Wie kann das sein – so plötzlich?«

Kam der Schrei wirklich aus meinem Mund, gequält und heiser? Sie schwieg, und ich begriff: Von plötzlich konnte keine Rede sein. Das Schweigen in den vergangenen Monaten, noch tiefer als sonst, ihre Verschlossenheit meinem Vater gegenüber, ihr abwesender Gesichtausdruck. Endlich ergab all das einen Sinn.

»Ich weiß es nicht, Elena. Ich weiß es einfach nicht.«

Der Morgen hatte seinen Zauber verloren. Renée spürte es, als ich sie zum Busbahnhof brachte, tief in Gedanken versunken. Dennoch die Frage:

»Kommst du bald?«

Ich nickte, schweigend, küsste sie auf die Nasenspitze, winkte ihrem Bus nach, bis er außer Sicht war. Ich stand allein am zugigen Busbahnhof in Hamburg. Es regnete.

2

Wir begannen zwischen Berlin und Hamburg hin- und herzufahren, um uns zu sehen. Nein, das stimmte nicht: Ich war meistens diejenige, die zu ihr fuhr, und wir trafen uns nicht, um uns zu sehen, sondern um miteinander ins Bett zu gehen.

Ich war froh, wenn ich meine Sachen packen konnte, war die gespannte Atmosphäre zu Hause leid. Die Uni geriet zunehmend in den Hintergrund. Selten tauchte ich in meinen Seminaren auf, übernächtigt und wenig kreativ, da ich meine ganze Phantasie auf ihren Körper gerichtet hatte. Ich ließ meine Fingerspitzen auf ihrer Haut malen, und es genügte mir vollkommen, mit ihr zusammenzusein. Ohne Worte schufen wir einen geschützten Raum um uns, gesponnen aus Lust, der nichts mit der Welt draußen gemein hatte.

Verließ ich sie und kehrte nach Hause zurück, fühlte ich mich am falschen Ort. Müde und wund und voller Sehnsucht nach ihr nahm allmählich der Gedanke in mir Gestalt an, ganz zu ihr nach Berlin zu gehen.

Am ersten Mai 2002 packte ich meine Sachen, kehrte Hamburg den Rücken und zog in eine kleine Wohnung in Berlin-Friedrichshain. Sebastian, einer meiner Kommilitonen, fuhr mich mit seinem VW-Bus, und als er mir die Frage stellte, warum ich nicht mit Renée zusammenzog, wich ich ihm aus, vergaß in meiner Verliebtheit mein Unbehagen aber schnell wieder. Tatsächlich hatte ich Renée vor einiger Zeit dieselbe Frage gestellt, und ihre Antwort war ebenso klar wie kurz gewesen: »Auf gar keinen Fall!« Nach dem Warum hatte ich nicht mehr gefragt, aus Angst vor der Antwort.

Ich beschloss, mich zum Wintersemester an der Universität der Künste zu bewerben; bis dahin wollte ich jobben,

Geld verdienen. Der Abschied von meinen Eltern war kurz ausgefallen. Meine Mutter war so sehr mit sich selbst beschäftigt gewesen, dass sie mich nur kurz umarmt hatte; ihre Augen hatten unnatürlich geglänzt, ihre Wangen waren gerötet gewesen, als ob sie Fieber hätte, doch ihre Haut war eiskalt.

Mein Vater hatte mich an sich gedrückt wie ein Ertrinkender, ehe er irgendwo in meinem Haar murmelte: »Musst du mich nun auch noch verlassen?«

Ich hatte ihn angesehen und genickt und versucht, mich von der Verantwortung für ihn zu lösen. Wie konnte ich für ihn verantwortlich sein, wenn ich doch eigentlich diejenige war, die er als Vater beschützen musste? Schon als kleines Mädchen waren die Verhältnisse bei uns umgekehrt gewesen.

Ich begann regelmäßig zu kellnern und verdiente ganz gut damit. Nebenbei konnte ich eine Menge Menschen beobachten. Kam ich nach Hause und war nicht mit Renée verabredet, was immer häufiger vorkam, riss ich mir die verschwitzten Klamotten vom Leib, schnappte mir meinen Zeichenblock und hielt die Gesichter fest, die ich den ganzen Abend hindurch angelächelt hatte. Jede Einzelheit von ihnen hatte sich zwischen Zigarettenrauch und Wortfetzen in meine Erinnerung eingegraben. Für einige bittersüße Wochen fühlte ich mich tatsächlich frei.

Dass ich Paul traf, war eher ein Zufall. Er war Stammgast in der Bar, und eines Nachts kamen wir ins Gespräch und stellten fest, dass er das gleiche studiert hatte wie ich. Er jedoch hatte seinen Abschluss längst in der Tasche und war vor wenigen Wochen das Wagnis eingegangen, einen eigenen kleinen Verlag zu gründen. Er bestand bis jetzt nur aus ihm und seinem Freund, Martin, einem Germanistikstudenten aus Potsdam. Sie gaben Mangas heraus, japanische Comics, die sich auch hierzulande einer wachsenden Fangemeinde erfreuen. Und das beste daran: Sie waren auf der Suche nach einer Zeichnerin.

Damals wusste ich nicht viel über Mangas. Bilder von Mädchen mit großen Augen und noch größeren Brüsten, die dank Kung Fu in der Lage waren, es selbst mit außerirdischen Gegnern aufzunehmen, tauchten vor meinem inneren Auge auf. Dennoch sagte ich begeistert zu, als Paul mir vorschlug, ihn am nächsten Tag in seinem Verlagsbüro zu besuchen. Ich war eher neugierig, als dass ich mir große Hoffnungen machte, wirklich für ihn arbeiten zu können.

Das Verlagsbüro war ein großer düsterer Raum mit verhängten Fenstern, in dem aus vier überdimensionalen Lautsprechern Trance-Musik erklang. An sämtliche verfügbaren Plätze an den Wänden waren Zeichnungen von Drachen gepinnt worden, und unter der Decke schwebte ein Holzdrache mit weit aufgerissenem Maul und drehte sich mit dem Ventilator im Kreis. Auf den Zeichentischen und vor den Computern herrschte Chaos.

Auf mein Hallo kam zunächst keine Reaktion, bis ein Kopf mit unzähligen Dreadlocks auftauchte und ein hellgrüner Blick unter einem Augenbrauen-Piercing mich erfreut musterte.

»Hi, du musst Elena sein. Martin.«

Er schüttelte mir die Hand. Dann verschwand er wieder hinter seinem Computer und vergaß mich. Nach drei Minuten wagte ich es, mich zu räuspern. Martin schoss empor wie von der Tarantel gestochen.

»Entschuldige, wenn ich dich störe, aber eigentlich bin ich hier, um Paul zu treffen.«

»Oh. Ja, klar.«

Er verschwand hinter einem violetten Samtvorhang, hinter dem sich, wie ich später erfuhr, die Küche befand, und tauchte für die nächsten zwei Stunden nicht mehr auf. Statt dessen betrat Paul den Raum.

»Elena! Schön, dass du gekommen bist. Hast du dich schon umgeschaut?«

»Äh – nein.«

»Martin und ich brauchen das inspirierende Chaos hier, um kreativ zu sein. Am Anfang, als das noch ein ganz normales Büro war, war es die absolute Katastrophe – wir haben stundenlang am Schreibtisch gehockt und nichts zustande gebracht.«

»Das glaube ich sofort«, murmelte ich leise.

»Was?«

»Ach, nichts.«

Langsam begann ich mich in der verrauchten, düsteren Atmosphäre wohl zu fühlen, war aber noch nicht bereit, es zuzugeben.

Paul ging zu einem dritten Schreibtisch am fernen Ende des Raumes hinüber.

»Das hier wäre also dann dein Reich! Ich hoffe, die Unordnung stört dich nicht? Sonst könnten wir versuchen, ein bisschen mehr Platz für dich zu schaffen.«

»Wie bitte?«

Ich trat an das Ungetüm von Schreibtisch. Der Arbeitsplatz ging über Eck und war, wie ich erst auf den zweiten Blick erstaunt feststellte, mit Laserdrucker, Telefon, Zeichenplatten, Scanner und allerlei technischem Schnickschnack perfekt ausgestattet.

»Das ist nicht dein Ernst, oder? Du bietest mir doch nicht wirklich einen Job an?«

Mir fielen die Arbeitsproben ein, die ich noch immer unter dem Arm trug. Hastig breitete ich sie aus und vergrößerte das Chaos damit noch. Paul beugte sich über die Blätter, schaute und sagte erst einmal eine ganze Weile gar nichts. Dann drehte er sich um und grinste.

»Wann kannst du anfangen?«

Die Treffen zwischen mir und Renée wurden seltener, jetzt, wo wir in der gleichen Stadt lebten und eigentlich ständig verfügbar gewesen wären. Doch das Gegenteil war der Fall: Ihre Vorlesungen und meine Jobs verschlangen unsere Zeit, der Alltag schlich sich ein und nahm uns einen Großteil der Magie, auf die wir gebaut hatten. Auch unser Hunger auf den Körper der anderen war langsam gesättigt, die Berührungen waren allzu vertraut und wurden schal. Erst jetzt, als unsere Lust aufeinander allmählich in den Hintergrund trat, begriff ich, wie wenig wir eigentlich gemein hatten. Die Illusion einer Beziehung, mehr nicht, stumm, ohne Worte, ohne Gesprächsthemen.

Erst nach und nach erfuhr ich, wie ehrgeizig Renée war. Sie studierte Politikwissenschaften und hatte sich in den Kopf gesetzt, eine akademische Laufbahn einzuschlagen. Jede freie Minute verbrachte sie an der Uni, und die übrige Zeit trieb sie mit einer geradezu fanatischen Intensität Sport. Joggen, Schwimmen, Squash, Volleyball – es gab nichts, was sie nicht machte oder zumindest ausprobiert hatte. Und schließlich besaß sie einen unüberschaubaren Kreis von Freundinnen und Bekannten. War ich mit ihr unterwegs, schien sie eine andere zu sein als die Frau, die ich aus unserem vertrauten Beisammensein kannte, und ich fragte mich zunehmend, was ich eigentlich mit ihr und ihrem Leben zu tun hatte. Außer in jenen Momenten, wenn uns die alte Gier packte und wir uns noch einmal ineinander verschlangen, schienen uns Welten zu trennen.

Ich stürzte mich in die Arbeit. Abends kellnerte ich, die Tage verbrachte ich im Verlagsbüro. Anfangs begnügte ich mich mit kleinen zeichnerischen Hilfsarbeiten, doch je mehr ich Paul über die Schulter schaute, desto mehr tauchte ich in die futuristischen Comics ein. Paul überließ mir stapelweise alte Hefte, um mich mit Inspiration zu versorgen, und bald war mir das Kolorieren seiner Bilder zu wenig. Wann immer ich Zeit hatte, versuchte ich mich zu Hause selbst an Illustrationen, an Welten, die nichts mit dem Alltag gemein hatten, geheimnisvollen Kämpfen auf fernen Planeten, bei denen gut und böse leicht zu unterscheiden waren und letztes Endes immer das Gute siegte.

Ich machte ebenso wie Paul und Martin Kaffee und Zigaretten zu meinen Grundnahrungsmitteln, bis meine Finger zitterten und ich das Gefühl hatte, die Bodenhaftung zu verlieren. So viel Leben, wo vorher so wenig gewesen war, und so viel Lust darauf, immer mehr, die ich seit neuestem mit jemandem teilte: Richard.

Er war ein Arbeitskollege aus der Bar und studierte Medizin. Wir hatten uns gleich an meinem ersten Abend dort kennengelernt, uns auf Anhieb verstanden und verbrachten nun beinahe jede Schicht zusammen. Selbst der anzüglichste Gast war in seiner Gegenwart erträglich. Richard war schwul und selbst erst seit einem halben Jahr in Berlin, und sobald wir diese Gemeinsamkeit festgestellt hatten, gab es kein Halten mehr. Keine Kneipe, kein Kino, kein Restaurant und kein Club war mehr sicher vor uns, und immer wollten wir ein Stückchen mehr, ein Stückchen weiter, ein wenig höher hinaus. Seine Mutter war acht Monate zuvor an Gebärmutterkrebs gestorben, und Richard teilte meinen Wunsch, so intensiv wie möglich zu leben. Er war der erste Mensch, der mich verstand.

Er begleitete mich, als ich mich im Juni tätowieren ließ; der Drachenvirus hatte mich angesteckt, und ich ließ mir in zwei Sitzungen ein tiefschwarzes Exemplar auf den Oberarm stechen, mit zusammengebissenen Zähnen, doch hinterher für vierundzwanzig Stunden high im Endorphinrausch. Gemeinsam ließen wir uns die Haare kurz schneiden – ich bis knapp über die Ohren, er streichholzkurz, was ihm so gut stand, dass er von dem Tag an ständig angemacht wurde, wenn wir zusammen unterwegs waren. Dreimal die Woche fuhren wir zum Schwimmtraining. Er war früher Leistungssportler gewesen, und er zeigte mir, was es heißt, bis zur totalen Erschöpfung zu trainieren – bis die Muskeln schmerzen und man sich gleichzeitig so wach fühlt wie nie, bis die Gedanken Flügel bekamen und Renée und die ganze Enttäuschung, den ganzen Schmerz über unsere Beziehung hinter sich zurückließen.

Unsere Beziehung war am Ende, kein Nachdenken über die Zukunft mehr. Zu traurig, zu weit voneinander entfernt, zu schnell verliebt, zu schnell entliebt.

Daneben verschloss ich die Gedanken an Oliver in meiner Brust, verdrängte den Schmerz. Kurze Telefonate mit meinen Eltern; sie sprachen nicht mehr miteinander. Hatte ich meine Mutter am Apparat, klang ihre Qual durch, dass auch sie nicht gegen das Leben und gegen Gefühle gefeit war. Ich wusste nichts dazu zu sagen, das nicht abgedroschen oder altklug geklungen hätte. Mein Vater hingegen tat sich selbst leid und begriff nicht, warum alles so gekommen war, wo er doch immer getan hatte, was sie verlangte: den Kontakt zu seiner

Familie abgebrochen, übers Olivers Tod geschwiegen. Vielleicht war es für die beiden einfach zu spät.

Je länger ich in Berlin war, desto zorniger wurde ich auf die Tatsache, dass er mit seiner Nachgiebigkeit nicht nur sich selbst, sondern vor allem uns, meinem Bruder und mir, geschadet hatte. Er hatte uns unserer spanischen Identität beraubt, die immerhin eine Hälfte von uns ausmachte, und sie durch das Ideal meiner Mutter ersetzt. Das konnte, das wollte ich ihm nicht verzeihen.

Ich hatte genug von den Halbwahrheiten und der Bequemlichkeit meiner Eltern, ich wollte das Leben spüren, wollte auskosten, wie es war, mitsamt seinen Schattenseiten, mitsamt dem schalen Gefühl am nächsten Morgen, das mich doch nie daran hinderte, mich in der nächsten Nacht wieder hineinzustürzen. Wenig Schlaf, viele Höhenflüge, die Stimmen in meinem Inneren betäubt, zumindest für den Augenblick. Er war das einzige, was zählte. Es konnte nie laut genug sein, um die Stille der vergangenen Jahre zu verdrängen, und noch begriff ich nicht, dass es sinnlos war, meine Erinnerung betrügen zu wollen. Nichts, was ich tat, konnte meinen Bruder wieder lebendig machen, und die Atemlosigkeit meines jetzigen Lebens konnte die verlorene Zeit in Barcelona mit meinen Verwandten, die enge Beziehung zu meinen Eltern nicht ersetzen.

Ein einziges Lebenszeichen aus Spanien in all den Jahren, kurz nach dem Unfall. Eines Abends kehrte mein Vater aus der Kanzlei heim und verschwand nicht wie gewohnt in seinem Arbeitszimmer. Er klopfte statt dessen an meine Tür.

»Was ist?«

Wortlos reichte er mir einen dicken gefütterten Umschlag. Ich warf einen schnellen Blick auf den Absender.

»Was ist das? Wo hast du den Brief her?«

»Ich werde es dir erzählen, Elena, irgendwann, ich verspreche es. Aber vorläufig sag Mutter nichts davon, hörst du?«

»Da kannst du dir sicher sein!«

Ich wollte nicht nett zu ihm sein, schon lange nicht mehr. Ich wartete, bis er die Tür hinter sich geschlossen hatte und sich seine Schritte auf der Treppe entfernten, erst dann riss ich den Brief hastig auf. Warum schrieben sie mir, warum jetzt? Jemand musste ihnen von Olivers Unfall berichtet haben, und das konnte nur mein Vater gewesen sein. War der angeblich abgebrochene Kontakt also nur eine weitere Lüge?

Eine CD fiel heraus, argentinische Tango-Musik, dazu ein Briefbogen, mit einer schwungvollen Schrift bedeckt.

»Vielleicht erinnerst Du Dich nicht mehr an mich ...«

Sergio, mein Cousin. Er war ein oder zwei Jahre älter als ich, und wir hatten in den Ferien in Barcelona zusammen gespielt, draußen im Garten, in unserer eigenen Welt. Ich hatte keine Lust gehabt, mich mit den Puppen meiner kleinen Cousinen zu befassen, lieber zog ich mit ihm durch das Unterholz, dreckig, von der Sonne gebräunt. Wir hatten uns aus den Augen verloren, nachdem meine Eltern beschlossen hatten, nicht mehr nach Spanien zu fahren. Ich hatte nie wieder etwas von ihm gehört, wusste nicht, wie er lebte, wie er heute aussah, als erwachsener Mann. Doch offenbar wusste er von meiner Situation.

»... die Musik hat mir geholfen – vielleicht geht es Dir ähnlich.“

Zögernd betrachtete ich das Cover, doch schließlich siegte die Neugier. Die Musik war mir fremd, doch die innewohnende tiefe Melancholie war mir vertraut. Loslassen, sich davontragen lassen, im Dunkeln auf dem Rücken liegen und eine ungeheure Sehnsucht nach dem Leben verspüren.

Ich hatte den Brief nie beantwortet, weil mir damals die Worte fehlten, doch ich hatte ihn nicht vergessen. Die CD war bestimmt hundert Mal in meinen CD-Player gewandert und hatte die Erinnerung an Spanien wachgehalten – und den Wunsch, eines Tages dorthin zurückzukehren. Wenn ich bereit dafür war.

3

Ich begegnete Miriam zum ersten Mal an Renées neunundzwanzigstem Geburtstag. Ein Sommerabend Ende Juni, seit zwei Wochen bereits lag Berlin unter einer staubigen Dunstglocke, die sich selbst in der Nacht nur für wenige Stunden zu heben schien. Alle, die arbeiten mussten, waren gereizt, ich eingeschlossen. Ich pendelte permanent zwischen Verlag, Job und Wohnung, jedesmal unwilliger, wenn ich mich von meiner Zeichenarbeit lösen musste. Das letzte, wonach ich mich sehnte, waren die Gäste in der Bar, und obwohl ich das zusätzliche Geld dringend brauchte, spielte ich immer öfter mit dem Gedanken, mit dem Kellnern zumindest für eine Weile auszusetzen und mich ganz auf die Comics einzulassen.

Ich hatte einen dieser Tage hinter mir, die sich damals häuften: Tage, an denen es mir zunehmend schwerfiel, nach den Stunden im Verlag in die Realität zurückzukehren.

»Hey, Bodenhaftung verloren?« hatte Paul grinsend gefragt, ausgerechnet er, der sich oft genug auch noch die Nächte im Verlag um die Ohren schlug. »Ich verrate dir ein gutes Mittel: geh spazieren. Hilft fast immer, bei mir zumindest.«

Ich nickte.

»Ich mach Schluss für heute, ehe ich hier zerfließe.«

Bewegung würde meinen verspannten Rückenmuskeln sicherlich guttun. Martins verständnisvoller Blick begleitete mich. Er hatte mittlerweile sein Lager auf dem Sofa im Hinterzimmer aufgeschlagen, weil seine Freundin ihn hinausgeworfen hatte.

Vor der Tür empfingen mich Hitze und helles Sonnenlicht, ein Schock nach der Dämmerung, die nur punktuell von den Zeichenlampen durchbrochen wurde, die wie Miniaturscheinwerfer über dem Papier schwebten. Das Verlagsbüro befand sich mitten im Kreuzberger Kiez, im Souterrain zwischen einem esoterisch angehauchten Tee- und Gewürzladen und einer Szene-Kneipe. Wenn man hinaustrat, bot sich das reinste Kontrastprogramm mit Verkehrslärm, Stimmengewirr, Gelächter von den Tischen, die auf dem Gehsteig vor der Kneipe aufgebaut worden waren.

Ich verließ Kreuzberg und fuhr mit der U-Bahn nach Friedrichshain, geprägt von Touristenströmen und vorüberhastenden Menschen mit abgespannten Gesichtern auf dem Weg von der Arbeit nach Hause. Nur an der Ampel ein kurzer Moment zum Durchatmen, doch kein Entspannen, weil der Tag sich im Kopf fortsetzte, keine Chance auf Stille, zu viele Fragen. Ich verspürte nur leisen Frust über das Ende der Beziehung von Renée und mir, die Hitze ließ keinen Zorn zu. Sich treiben lassen, sich davonträumen. Jeder und jede um mich herum schien bestrebt, sich mitzuteilen, Stimmen, Mobiltelefone, ich mittendrin, in dieser Stunde am späten Nachmittag, dieser Stunde dazwischen, die überall, egal ob in der Großstadt oder auf dem Land, weder dem Tag noch dem Abend gehört. Ich war froh, mit niemandem sprechen zu müssen.

In einem Park eine Gruppe von Teenagern, vierzehn, fünfzehn Jahre vielleicht, laut, unsicher, die obligatorische Zigarette in der Hand, ein rauher Umgangston. Dazwischen flitzten

Skater mit beneidenswerter Unbeschwertheit dahin, Hunde tobten herum, ein Leben lang dasselbe kleine Grünquadrat, und über allem die Melancholie, die Einsamkeit, beinahe greifbar wie der Sommer in der Luft, noch verstärkt durch die allgegenwärtige Hektik. Ruhe, Liebe und Sehnsucht, drei Dinge, die zu kurz kamen, hier wie überall, und die auch mir fehlten, wieder einmal, eigentlich schon immer.

Nach Hause kommen, statt ankommen. Schweigen in meiner Wohnung, nur der Fernseher des Nachbarn mal wieder zu laut, ein Kaffee in der Küche, im Stehen, eine kalte Dusche, die nur kurz erfrischte, dann wieder hinaus und hinein in das Chaos, in die Stadt, die sich bereit machte für die Nacht.

In der Bar herrschte Hektik. Irgendein Unternehmer-Kongress fand in Berlin statt. Herren in Nadelstreifen auf jedem Stuhl, Sturzflug in das Hier und Jetzt. Cocktails servieren und blöde Sprüche an sich abgleiten lassen. In meinen Gedanken Renée, ihr Geburtstag am nächsten Tag fiel mir wieder ein, und meine Stimmung sackte in den Keller. Renée gab sich nicht einmal besondere Mühe, zu verbergen, dass sie in letzter Zeit mit anderen Frauen ausging. Ich glaube nicht, dass sie mich damit eifersüchtig machen wollte – es war einfach ihre Art, das Maximum an Möglichkeiten zu leben.

Nichts war wichtiger in ihrem Leben, nichts gab ihr einen größeren Kick als Flirten, Erobern, Lieben, für ein paar Stunden, dann eine kurze Ernüchterung und ein neuerliches Hineinstürzen in die Emotionen. Und jedesmal der Glaube, »das Wahre«, »die Eine« gefunden zu haben. Weitersuchen, ehe das schale Gefühl wirklich angekommen ist, nur nicht innehalten, nachdenken. Wir konnten in dieser Phase kaum noch miteinander reden, ohne uns anzuschreien.

Warum also die Einladung zu ihrer Geburtstagsparty am Tag darauf?

Ein Lächeln von Richard holte mich in die Wirklichkeit zurück; seine Anwesenheit in meinem Rücken, und die Nacht wurde doch noch erträglich. Worte, Lachen, Blicke durch den Raum, eine Mauer zwischen mir und den Gästen. Er war meine Rettung, wieder einmal.

Dass Renées jüngere Schwester kommen würde, wusste ich, doch ich war nicht sonderlich erpicht darauf, sie kennenzulernen. Die letzten Jahre hatten Spuren hinterlassen – ich hatte eine große Abneigung gegen alles, was mit Familie zu tun hatte, entwickelt. Und Renées Geburtstagsfeier war schon gar kein Anlass, diese Abneigung, diese Unlust zu überwinden ...

Ich hatte Lust auf Wasser, auf schwimmen und umherstreifen. Straßencafés, ein Glas in der Hand, laue Sommerluft und freier Abendhimmel, Richards ruhige Stimme, wie er mit mir diskutierte, Kino vielleicht.

Als magere Alternative eine Dusche nach dem Tag im Verlag, erst heiß, bis mein Nacken sich endlich entspannte, dann kalt, ein unmissverständliches Signal für die Lebensgeister. Das Abtrocknen rauher als gewöhnlich, dann der prüfende Blick in den Spiegel. Zu wenig Schlaf, zu wenig gegessen. Stattdessen zuviel Arbeit, zu viele Zigaretten und zuviel Kaffee, zu viele kraftraubende Szenen mit Renée.

Dennoch war das, was ich sah, annehmbar: Die dichten schwarzen Haare, von meinem Vater geerbt, machten von jeher, was sie wollten, ich hatte alle Versuche, sie zu bändigen, schon vor langer Zeit aufgegeben. Meine Haut, mein ohnehin leicht dunkler Teint hatte sich durch die wenigen Sonnenstunden im Freien mit Richard bereits seinem Sommerton angenähert und milderte die dunklen Augenschatten. Ich hatte einige Kilo abgenommen, ohne es wirklich zu bemerken, doch nun sah ich es, und es gefiel mir. Mein Körper war durch das Training muskulöser und sehniger geworden, ich fühlte mich in ihm heimischer als früher.

Als ich die Treppen zu Renées Wohnung im dritten Stock hinaufstieg, einen Strauß dunkelroter Gerbera in der Hand, hörte ich bereits die Musik, viel zu laut für diesen Sommerabend, ohrenbetäubend. Meine Geliebte öffnete mir die Tür, sie trug einen Anzug und nichts darunter, nur einen BH. Ihre blauen Augen hellwach, lauernd, wunderschön, doch sie meinten mich nicht mehr und nicht weniger als all die anderen Frauen, mit denen sie sich traf. Ich hatte nie eine unter vielen sein wollen, und ich wusste auf einmal, dass ich es ihr sagen musste, sofort, an diesem Abend noch. *Es ist vorbei. Es tut mir leid, doch wir lieben uns nicht, haben uns nie geliebt, und ich will das hier nicht mehr.*

Kein Wort davon kam über meine Lippen, statt dessen, nichtssagend: »Herzlichen Glückwunsch zum Geburtstag.«

Ich drückte ihr mein Geschenk in die Hand, um sie zu beschäftigen, diese langen, schlanken Finger, so oft an mich herangelassen. Nie wieder, bevor es noch mehr weh tat, ein Schlußstrich unter unsere gemeinsamen Träume.

Doch so leicht ließ sich Renée nicht mit Geschenken verführen. Achtlos legte sie das Päckchen und die Blumen auf die Kommode, zog, nein, riss mich an sich, bis sich unsere Körper ganz berührten, ihr Atem in meinem Ohr, ihr Haar an meinem Gesicht. Ich stand stocksteif in ihrer Umarmung, rührte mich selbst dann nicht, als ihre Zungenspitze über meine Haut wanderte. Sie roch nach Alkohol, und mein Herzschlag blieb in seinem Rhythmus, ruhig, unaufgeregt. Kein Zittern in den Knien. Verloren.

Renée spürte es. Ihr Griff um mein Handgelenk war fest, zu fest, als sie mich hinter sich her in Richtung Küche zog, aus der uns Gelächter entgegenschlug. Drinnen Gedränge, Heiterkeit, Geplänkel, auf einem Tisch in der Ecke türmten sich Salate, Baguettes, Kuchen, auf der Anrichte daneben standen Sekt, Bowle, Bier. Den meisten von Renées Freundinnen und Kommilitonen war ich nie zuvor begegnet, der einzige, den ich näher kannte, war Michael, ein Journalist, der ab und zu beim Schwimmtraining gewesen war. Dankbar registrierte ich sein Lächeln und steuerte auf ihn zu. Er reichte mir sofort ein Glas Sekt.

»Hier, trink – das macht es erträglicher.«

Ich musterte ihn erstaunt. Bis dahin war er immer ziemlich zurückhaltend gewesen, was vielleicht daran lag, dass sein Freund ihn wenige Wochen zuvor verlassen und kurzerhand die gesamte Wohnungseinrichtung hatte mitgehen lassen. Man sah ihm an, wie tief es ihn getroffen hatte, und niemand war erpicht darauf, sich zu ihm zu gesellen.

»Hey, so schlimm bei dir?«

Er nickte und trank sein Glas in einem Zug leer.

»Ich wollte eigentlich gar nicht kommen, aber ich kenne Renée schon ewig, und ich dachte, vielleicht tut es mir ja ganz gut, unter Leuten zu sein. War wohl ein Fehler.«

Er zog eine Grimasse und starrte auf das leere Glas in seiner Hand.

»Und bei dir? Du siehst aus, als ob du Urlaub gebrauchen könntest!«

»Urlaub? Was ist denn das?«

Mein Lachen war zu hart, ich merkte es selbst. Ich wollte das Selbstmitleid nicht, auch wenn es von Sarkasmus durchtränkt war – es erinnerte mich zu sehr an meine Mutter.

Renée lachte auf, laut und durchdringend und nicht weniger künstlich. Ich wandte mich um und betrachtete sie kurz, ihren zurückgeworfenen Kopf, die geöffneten Lippen, die vorgeschobenen Hüften. All das hatte ich einmal an ihr gemocht. Jetzt verspürte ich Unbehagen anstelle der Lust, Fluchtreflex statt Nähe, und daneben eine Trauer, die die Leichtigkeit des Sommerabends bedrohte. Eine Trauer schwer wie Wein im Blut, die tiefer ging und nicht allein Renée geschuldet war, sondern Olivers Namen trug.

Ich zog einen verdutzten Michael hinter mir her ins Wohnzimmer, um dem Augenblick zu entfliehen. Gedränge auch hier, und die Geräuschkulisse wurde noch durch die Stereoanlage verstärkt, die voll aufgedreht worden war. In der Mitte eine improvisierte Tanzfläche, rundherum Gestalten, die auf Kissen und Stühlen hockten. Für eine Sekunde hatte ich das Gefühl, auf die Anlage einhämmern zu müssen, um Ruhe einkehren zu lassen; in der nächsten war ich dankbar für die Ablenkung, die alles betäubte.

Nach dem dritten Glas Sekt erzählte Michael mir die Geschichte seiner verflossenen Beziehung. Ich war froh, nicht selbst reden zu müssen, mich einfach zurücklehnen zu können und die Entspannung und den Alkohol ihren Weg finden zu lassen.

Miriam stand am Fenster. Ich kannte sie nicht, doch ihre Ähnlichkeit mit Renée verriet mir, wer sie war. Die gleichen Lippen und Augenbrauen, die gleichen Wangenknochen. Doch damit waren die Gemeinsamkeiten erschöpft.

Sie war kleiner, knapp einssiebzig, sehr schlank und muskulös zugleich, sehnig beinahe. Ihre Haare waren lang und dunkelrot und fielen ihr in einem Pferdeschwanz auf den Rücken, den sie sehr gerade hielt.

Sie verschwand, um ihr Glas in der Küche zu füllen; dann kehrte sie an ihren Platz am Fenster zurück. Ihr Gang war leicht, anmutig und gleichzeitig kraftvoll. Keine Spur von der Selbstinszenierung der anderen Gäste; sie beobachtete, sie schwieg; ihre schmale Hand strich ab und an in einer fließenden Bewegung die Haare, die sich aus dem Pferdeschwanz gelöst hatten, aus dem Gesicht. Sie trank langsam, rauchte eine Zigarette, legte sich eine Hand in den Nacken und dehnte ihre Halsmuskeln, schloss dabei für eine Sekunde die Augen, ehe ihr Blick weiter durch den Raum wanderte, ernst, nachdenklich. Sie trug schwarz: Eine weite schwarze Hose, schwarze Stiefel, ein schwarzes Oberteil mit langen Ärmeln trotz des warmen Abends, der durch die geöffneten Fenster hereindrang. Schlichter schwerer Silberschmuck, kein Ring, keine Uhr.

Sie wirkte in sich gekehrt wie ein Mensch, der lange prüft, ehe er auf jemanden zugeht. Ich beobachtete sie, zunächst eher beiläufig, während ich Michael zuhörte, dann zunehmend konzentriert. Etwas an ihr ließ mich nicht mehr los, ohne dass ich hätte sagen können, was es war. Ihre Stimme? Ich hatte sie noch nicht einmal gehört. Ihre Augen? Die Entfernung war zu groß, um das beurteilen zu können.

Als ich aufstand, um zu ihr hinüberzugehen, registrierte ich erstaunt, dass meine Finger zitterten.

»Hallo.«

Schweigend sah sie mich an, und jetzt sah ich es: Ihre Augen waren blau, ein helles Blau wie der Himmel an klaren Sommertagen. Ein beinahe schmerzlicher Kontrast zu ihrem dunklen Haar.

»Hallo, Elena.«

Ihre Stimme tiefer, als ich vermutet hatte, leise, doch mit Nachdruck. Ein Stromstoß im Unterleib, unerwartet, gerade deshalb um so heftiger.

»Woher kennst du meinen Namen?«

»Renée hat mir von dir erzählt.«

Kein Lächeln. Ich versuchte meine Unsicherheit zu verbergen, indem ich die Hände in die Hosentaschen schob, zu Fäusten ballte.

»Ich wünschte, sie hätte mir mehr von dir erzählt.«

Der erste interessierte Blick von ihr, ein leises Lachen; auf einmal wirkte ihr Gesicht offen und warmherzig.

»Ich mag Menschen, die ehrlich sind«, sagte Miriam.

Hellblauer Sog, meine Gedanken leer. Alles, was ich herausbrachte, war: »Lebst du auch in Berlin?«

»Nein.«

Plötzliche Zurückhaltung, ihr Blick ging an meinem Ohr vorbei.

»Was machst du so?«

Ein verzweifelter Versuch, an sie heranzukommen.

»Ich bin Tänzerin. Gewesen.«

Das letzte Wort zögernd, vorsichtig, als sei sein Klang ungewohnt. Sie wandte den Blick ab und schickte sich an, mich stehenzulassen.

»Du stellst viele Fragen, Elena«, sagte sie leise in der Nähe meines linken Ohres, dann ließ sie mich zurück mit meiner Unsicherheit und der Gänsehaut, die ihre Stimme erzeugt hatte, ganz egal, wie ihre Antwort gelautet hatte.

Sie war nicht in der Küche, als ich mir ein neues Glas Sekt holte, und sie kehrte auch nicht ins Wohnzimmer zurück. Ich setzte mich wieder zu Michael und versuchte, ihm zuzuhören.

Ich trank mehr, als gut für mich war, um den Stich in der Magengrube zu betäuben, dem leisen Ziehen die Kraft zu nehmen. Ich fühlte mich, wie soeben aus einem Traum erwacht und doch noch halb darin gefangen. Doch in mir hatte sich mit einem feinen, unhörbaren Ton etwas gelöst und an seinen richtigen Platz geschoben.

Ich traf Miriam eine Stunde später auf dem Flur wieder, in der Schlange, die sich vor der Toilettentür gebildet hatte. Ein Zufall? Ich wagte es nicht, sie anzusprechen, doch sie ergriff die Initiative.

»Ziemlich laut im Wohnzimmer, was?«

Ich schloss kurz die Augen, sog den Atem tief in meine Lungen, beruhigte das Zittern meiner Hände. Dann sah ich sie an, betrachtete sie einfach nur und konnte es nicht fassen, dass sie auf einmal wieder so nah vor mir stand. Spielte sie mit mir, weil sie genau gemerkt hatte, wie faszinierend ich sie fand?

»Du bist doch noch hier? Ich dachte, du wärst gegangen.«

Sie lehnte sich leicht gegen die Wand hinter ihr und ließ das Glas in ihrer Hand kreisen.

»Nein, ich bin noch hier«, antwortete sie ruhig und sah mir dabei offen ins Gesicht. »Und du bist es auch.«

Später, als sich der Korridor geleert hatte, setzten wir uns auf den Teppich, die Weinflasche zwischen uns. Ich lehnte meine Wange gegen die kühle Wand und lauschte, wie die Angst langsam verschwand, die Miriams Abfuhr am frühen Abend in mir geweckt hatte. Statt dessen wuchs leise Freude über ihre Anwesenheit, lauschen auf den Klang ihrer Stimme, eintauchen in ihren Duft, noch fremd, doch schon ein wenig vertraut. Sie machte keine Anstalten mehr zu gehen.

»Du hast mich vorhin gefragt, was ich tue, und ich bin dir im Grunde die Antwort schuldig geblieben.«

Wieder dieser hellblaue Sog, ihre Hand, die eine Haarsträhne zurückstrich, beiläufig, mein Blick auf ihrem weichen Mund.

»Ja.«

»Hat dir Renée nie etwas über mich erzählt?«

»Nicht viel, um ehrlich zu sein. Nur dass sie eine jüngere Schwester hat, zu der sie kaum Kontakt hat.«

Sie lachte bitter.

»Das stimmt nicht ganz. Wir haben uns nie besonders gut verstanden. Ich bin mit vier Jahren in die Ballettschule gekommen, mit neun habe ich die Aufnahmeprüfung am Ballettinternat von John Neumeier in Hamburg bestanden. Renée hat mich regelrecht gehasst dafür, weil sich plötzlich kaum noch einer in der Familie für sie interessierte. Je älter sie wurde, um so lauter und extremer wurde sie.«

Plötzlich sah ich Renée in einem anderen Licht. Ihr Verhalten, ihr Ehrgeiz, ihre Ruhelosigkeit, ihre Beharrlichkeit, mit der sie sich von einer Beziehung in die nächste stürzte – all das ergab plötzlich Sinn.

»Sie ging zum Studieren nach Berlin, ein Jahr bevor die Einladung vom New York City Ballett kam. Wir hatten in den letzten Jahren kaum miteinander zu tun.«

»Du warst in New York?«

Miriam nickte.

»Drei Jahre – fast.«

Sie lächelte müde.

»Ich habe mit einer Kollegin zusammengewohnt, natürlich – wir Tänzerinnen bleiben meistens unter uns.«

Sie schüttelte den Kopf und lächelte bei der Erinnerung.

»Unser Kühlschrank war immer leer – kannst du dir das vorstellen? Wir durften auf keinen Fall zunehmen, das wäre eine Katastrophe gewesen. Das einzige, was wir im Haus hatten, war Wundsalbe für unsere Füße.«

»Warum hast du dir das angetan?«

Ich wollte aus ihrem Mund hören, was sie angetrieben hatte zu dieser Begeisterung, dieser absoluten Hingabe, dem Schmerz. Ich hatte das Gefühl, dass es wichtig war, wenn ich sie je verstehen wollte.

»Warum?«

Jetzt lachte sie.

»Hast du dich nie gefragt, wie es ist zu schweben? Schwerelos zu sein? Aufzugehen in der Musik, mit ihr eins zu werden, mit deinem Körper? Ich war süchtig danach. Wir alle waren es. Wir haben uns geschunden, Tag und Nacht, haben auf ein normales Leben und Freunde außerhalb der Theaters verzichtet, einzig für den Augenblick, die absolute Perfektion.«

Sie stützte den Kopf in die Hand, plötzlich nachdenklich geworden. »Und dann wieder die Depressionen dazwischen. Immer wieder die Frage: Bist du gut genug? Du bringst die zweifelnde Stimme nie zum Schweigen.«

»Warum bist du zurückgekommen?«

Sie sah mich an, so direkt wie noch nie zuvor, das Blau ihrer Augen auf einmal dunkel. Sie schwieg eine Weile. Dann lächelte sie traurig.

»Ich bin unhöflich, nicht? Ich rede die ganze Zeit von mir und frage dich nicht mal, was du so treibst, und das, wo du die Freundin meiner Schwester bist ...«

Sie legte für einen kurzen Moment ihre Hand auf mein Knie. Ihre Finger ließen Wärme zurück, als sie schon längst wieder verschwunden waren.

»Erzähl mir etwas von dir. Bitte.«

Ich respektierte ihr Ausweichen, doch das hieß nicht, dass ich meine Frage vergaß. Warum hatte sie New York hinter sich gelassen, wo das Ballett doch offensichtlich ihre Leidenschaft gewesen war?

Ich berichtete von meiner Arbeit, von Paul und Martin, in allen Einzelheiten, so lange, bis der Schatten aus ihrem Gesicht verschwunden war.

»Habt ihr euch gut unterhalten?«

Die Szene folgte unausweichlich am nächsten Morgen. Renée war sauer auf mich, soviel verriet der Sarkasmus in ihrer Stimme auf Anhieb. Es war kurz nach halb elf, wir saßen in ihrer Küche über die Kaffeebecher gebeugt, übermüdet und mit bleichen Gesichtern, und kurierten unsere Partynachwehen aus. In meiner Schläfe war ein pochender Kopfschmerz dabei, sich für den Rest des Tages einzunisten.

Erst um vier Uhr früh waren wir ins Bett gegangen, in ihren Augen ein Glitzern, das verriet, dass sie wütend auf mich war und erregt zugleich. Doch ich hatte mich mit dem Gesicht zur Wand gedreht. Ich wusste, dass es vorbei war zwischen uns. Wir hatten nie wirklich etwas gemein gehabt, und an diesem Abend hatte ich eine Entscheidung getroffen. Die Frage war jetzt nur noch, wie ich es ihr beibringen sollte.

»Ist dir eigentlich aufgefallen, dass gestern mein Geburtstag war?«

»Sei nicht albern, Renée!«

»Wo warst du den ganzen Abend?«

»Ich habe mich unterhalten.«

»Das habe ich gesehen!« Sie schnaubte empört. »Unterhalten ist vielleicht ein wenig untertrieben.«

»Renée, bitte, mir geht es hundsmiserabel. Lass uns nicht schon wieder streiten.«

»Das könnte dir so passen! Ich will eine Antwort von dir, und zwar sofort, und nicht erst dann, wenn du deinen Kater auskuriert hast! Du hast mich gestern nicht ein einziges Mal angesehen – statt dessen finde ich dich nachts um zwei mit meiner Schwester im Flur. Was ist eigentlich in dich gefahren in letzter Zeit?«

Ich wurde wütend. Ich merkte, wie der Zorn langsam und beißend meine Kehle hinaufkroch und auf meiner Zunge lauerte. Schließlich war Renée diejenige, die seit Wochen mit anderen Frauen ausging, und dass es dabei nicht beim Tanzen und Flirten blieb, war mir längst klar.

»Hör auf, mich wie dein Eigentum zu behandeln! Ich bin doch ohnehin nur eine deiner zahlreichen Geliebten gewesen.«

Meine Stimme klang ruhig und kalt. Renée starrte mich sprachlos an, und ich begriff, dass ich schon viel eher offen mit ihr hätte reden sollen. Jetzt war es im Grunde zu spät.

»Wie schön, dass du das bereits begriffen hast! Das erspart mir eine Menge Worte.«

Sie wollte mich mit aller Gewalt verletzen. Ich sah sie an, ihre trotzig in Falten gelegte Stirn, die zusammengekniffenen Augen. Sie war wie ein Kind, dem man etwas wegnehmen wollte und dass sich dagegen wehrte, auch wenn ihm gar nichts daran lag.

Ich schwieg und versuchte zu verdauen, was sie gerade gesagt hatte. Natürlich hatte ich es gewusst, oder doch zumindest geahnt, dass sie mittlerweile eine oder mehrere Freundinnen neben mir hatte, aber es aus ihrem Mund zu hören war dennoch bitter.

»Weißt du eigentlich, dass Miriam einen Sohn hat? Ich wette, das hat sie dir nicht erzählt bei eurem netten kleinen Gespräch gestern.«

Ich stand auf und nahm meinen Rucksack.

»Ich werde jetzt gehen.«

»Willst du nicht noch mehr hören über deine ...«

»Ich sagte, ich werde jetzt gehen!«

Ein Schatten glitt über Renées übernächtigtes Gesicht. Wortlos betrachtete ich die zornige dunkle Wolke, die sich über ihre Augen legte, über ihre Wangen, die leicht gerötet waren, und über ihren Mund, ihren wahnsinnig schönen Mund, den ich einmal so begehrt hatte. Ich wurde traurig bei diesem Anblick, weil ich wusste, dass es Vergangenheit war, bevor es zwischen uns überhaupt richtig begonnen hatte. Ich fragte mich, ob ich mich zwei Jahre später noch an den Duft ihres Haares erinnern würde. Intuitiv streckte ich die Hand aus und fuhr mit zwei Fingern die Konturen ihres erhitzten Gesichtes nach. Sie hielt erstaunt inne. Ein einziges Mal wenigstens wollte ich sie berühren, wirklich berühren. Doch dann drehte sie trotzig den Kopf zur Seite, und der Augenblick war vorbei.

Ich legte den Schlüssel, den sie mir einige Wochen zuvor gegeben hatte, wortlos auf den Tisch, wandte mich ab und ging, und erst als ich die Haustür hinter mir ins Schloss gezogen hatte, ließ ich den Schmerz in der Brust zu. Doch ich drehte mich nicht um.

Statt dessen ließ ich mich auf den Treppenabsatz sinken und legte den Kopf in die Hände, erschöpft und desillusioniert. Nicht nur die Trennung von Renée steckte mir tiefer in den Knochen, als ich mir selbst eingestehen mochte, auch ihre Eröffnung über Miriam hatte mich mehr getroffen, als mir lieb war. Miriam hatte mir nicht erzählt, dass sie einen Sohn hatte. War er der Grund dafür, dass sie New York den Rücken gekehrt hatte? Es schien Sinn zu ergeben. Am Tag zuvor noch hatte ich mir vorgestellt, dass nichts, absolut gar nichts stärker sein konnte als ihre Leidenschaft für den Tanz. Aber ein Kind? Ich war verletzt über ihr Schweigen. Mehr jedoch noch war ich verwirrt.

Ich saß noch immer auf der obersten Stufe, als sich die Haustür öffnete und jemand die Treppe hinaufkam. Als ich schließlich aufblickte, setzte mein Herzschlag für einige Sekunden aus und dann schmerzhaft wieder ein. Miriam stand vor mir. Sie trug enge schwarze Jeans mit Schlag und ein schwarzes Oberteil, das ein schmales Stück ihres flachen Bauches enthüllte. Ihre Haare waren locker hochgesteckt.

Eine Sekunde zögerte sie, dann stellte sie ihre Einkaufstaschen ab und setzte sich neben mich, wobei sie sorgfältig vermied, mich zu berühren.

»Was machst du denn hier?«

»Ich habe mich soeben von Renée getrennt.«

Sie schwieg. Wir sahen uns an. In ihren Augen lag ein unergründlicher Ausdruck. Irrte ich mich, oder lächelte sie? Hastig wandte sie ihr Gesicht ab.

»Und – wie geht es dir damit?«

»Ganz gut, denke ich. Es war Zeit.«

Der Wunsch, sie zu berühren. Sie saß so nah neben mir, dass ich die Wärme spürte, die von ihrem Körper ausging.

»Ich habe vor zwei Jahren auch eine Trennung durchgemacht«, sagte sie leise und strich sich eine Haarsträhne aus dem Gesicht. Eine vertraute Geste. Sehnsucht im Bauch.

Beinahe hätte ich sie gefragt: »Vom Vater deines Sohnes?«

Ich tat es nicht. Sie sollte es von sich aus erzählen.

»Man kommt darüber hinweg – irgendwann.«

Ich nickte. »Ich weiß.«

Wir schwiegen eine Weile und beobachteten den Sonnenfleck, der über das Parkett auf dem Treppenabsatz wanderte.

»Ich wollte dich gestern schon den ganzen Abend etwas fragen, Elena.«

Aufmerksam betrachtete ich sie. Ihr Blick begegnete meinem, dann senkte sie die Augen.

»Frag mich!«

»Bist du Italienerin oder so?«

»Halbspanierin.«

Ihr Gesicht ganz nah vor meinem, so nah, dass ich die zarten Sommersprossen auf ihrer Nase erkennen konnte. Alles andere war ausgeblendet, nur der beinahe schon vertraute hellblaue Sog blieb.

»Wo genau kommst du her?«

»Mein Vater stammt aus Barcelona. Aber ich war seit Jahren nicht dort. Seit, warte mal – sechzehneinhalb Jahren, wenn du es genau wissen willst.«

Sie betrachtete meinen Mund, während ich redete. Wieder ein Stich in der Magengegend. Wieder Worte statt Berührungen, und dabei stets die Angst, sie könnte aufstehen und gehen, so wie am Abend zuvor.

»Warum?«

»Meine Mutter wollte nicht, dass wir Kontakt zu seiner Familie haben. Sie ist krank. Migräne.«

Ich seufzte.

»Zumindest denkt sie das. Und mein Vater auch.«

Miriam starrte auf ihre Füße. Sie biss sich auf die Lippe, angestrengt.

»Wie alt bist du?«

»Sechsundzwanzig. Wieso?«

»Weil ich mich frage, warum du nicht einfach deine Sachen packst und hinfährst.«

Ich starrte sie an, fassungslos. Wieder einmal ging das gute Gefühl in mir verloren, ein erneuter Rückzug, diesmal von ihr, ehe etwas berührt wurde, was ich jahrelang verdrängt hatte. Ich wusste nicht, auf wen ich zorniger war, auf sie oder mich.

Miriam wartete auf eine Antwort.

»Weil das nicht so einfach ist, nach all der Zeit«, entgegnete ich knapp, und mein Tonfall machte unmissverständlich klar, dass ich nicht weiter gefragt werden wollte.

Sie stand auf.

»Es tut mir leid, wenn ich zu direkt war. Ich wollte dir nicht zu nahe treten.«

Der Zorn in mir focht einen stillen Kampf gegen die Angst, sie zu verlieren.

»Bist du nicht. Ich rede sonst bloß nicht viel darüber.«

Ich sah verstohlen zu ihr hoch, und nach einer Weile hockte sie sich wieder neben mich auf den Treppenabsatz. Sie legte mir leicht die Hand auf die Schulter.

»Ich würde dich gerne wiedersehen, Elena. Bis vor einiger Zeit hätte ich jetzt wahrscheinlich vorgegeben, dass ich für morgen abend Kinokarten habe und meine Bekannte krank geworden ist und so weiter. Ich bin derartige Spielchen müde. Ich möchte dich ganz einfach wiedersehen.«

4

Der nächste Tag verging unendlich langsam. Einige missglückte Versuche, die Stunden bis zum Abend sinnvoll zu nutzen, bis Paul mich mit einem Kopfschütteln nach Hause schickte.

»Was ist los mit dir?«

»Nichts.«

»Das sieht aber ganz und gar nicht nach nichts aus.«

Ich hatte keine Lust, ihn an meiner Vorfreude teilnehmen zu lassen, und das lag nicht daran, dass ich ihn nicht mochte, ganz im Gegenteil. Schuld war allein die verdammte Unsicherheit. All das Unausgesprochene und Angedeutete, die Fragen, die sich nicht vertreiben ließen, egal wie sehr ich es versuchte. Ein Kind? Die Konsequenzen waren kaum überschaubar.

Zu Hause, allein mit der Espressomaschine, verfluchte ich die Idee, die Arbeit zurückgelassen zu haben. Keine Ablenkung, nur die Erinnerung an den vergangenen Abend, pur, ohne Netz und doppelten Boden. Ausgeschaltete Rationalität, Freifahrschein für die Emotionen, und ich mittendrin. Der zweite Espresso setzte die Bodenhaftung endgültig außer Kraft. Schweben, so wie sie es geliebt hatte? Schwanken zwischen Glauben und Zweifel. Eine Zigarette, zwei ausgelassene Mahlzeiten.

War ich froh, dass Renée mir von Miriams Sohn erzählt hatte? Nahm es mir nicht die Leichtigkeit, die Unbeschwertheit des Sich-aufeinander-Einlassens, fortgefegt durch ein zu früh verratenes Geheimnis?

Flucht unter die heiße Dusche trotz des warmen Sommertages, so heiß, dass es beinahe schmerzte, dann eiskalt. Wach, lebendig sein, für eine Sekunde nichts als mein eigener Atem in meinen Ohren, mein rascher Herzschlag. Mein Gesicht im Spiegel fremd und dennoch vertraut, Gänsehaut auf meinem nackten Körper.

Warten auf Miriam.

Ich blieb im Torbogen stehen und prägte mir ihr Bild aus der Entfernung ein, sog ihren Anblick auf, ihre schmale Silhouette, ihr langes Haar, die Art, wie sie sich bewegte. Die pure Lust, sie anzusehen, regungslos, ohne ein Gestern und Morgen. Ihre Ausstrahlung war eine Mischung aus Verletzbarkeit und Kraft. Von einer Sekunde zur anderen konnte sich alles an ihr verändern, ihr Gesichtsausdruck, der stille Tanz ihrer Hände, die Art, wie sie die Füße setzte, unbegreiflich.

»Hey«, sagte sie, als sie mich kommen sah.

»Hey«, sagte ich, und dann sahen wir uns eine Sekunde lang schweigend in die Augen, ehe wir beide verlegen lachten und den Blick abwandten.

»Wollen wir reingehen?«

Ich folgte ihr in das überfüllte Kino. Wir stiegen die Treppen hoch zur Kasse, und als wir in der Schlange standen, hatte ich das Gefühl, noch nie so lange gewartet zu haben. Sie stand vor mir, ich konnte den feinen Duft riechen, der von ihrem Haar ausging, und ich brachte kein einziges Wort heraus. Meine Kehle war rauh und trocken, und je mehr ich schluckte, um so unmöglicher wurde es, die richtigen Worte für diesen Augenblick zu finden. Zu dicht für Smalltalk, für tiefergehende Fragen.

Als wir endlich in unseren Sesseln saßen, war ich beinahe froh, als die Lichter ausgingen. Doch kaum öffnete sich der Vorhang, drifteten meine Gedanken davon. Ich sah zu, wie eine fremde Geschichte über die Leinwand flimmerte, und nahm doch nichts davon wahr. Nichts als ihre Hand auf der Lehne zwischen uns, der silberne Armreif an ihrem Handgelenk, der schwarze Stoff ihrer Bluse.

»Hast du Lust, noch ein Glas Wein zu trinken?«

Die Abenddämmerung legte sich langsam über Berlin, als wir das Kino in den Hackeschen Höfen verließen. Es war warm, und Miriam hatte ihre Jeansjacke über die eine Schulter gehängt. Sie sah mich an. Der Menschenstrom um uns wurde zusehends dünner, bis wir allein waren, uns gegenüberstanden, erneut ein Hauch von Verlegenheit in der Luft.

»Ja, gern«, sagte ich, und meine Stimme klang fremd und ungeübt.

Wir gingen ein Stück gemeinsam, schweigend, eng beieinander, doch ohne uns zu berühren. Ich hätte ewig so weitermachen können. Es war gut, mit ihr zu schweigen.

Schließlich fanden wir in der Nähe eine Bar mit gedämpftem Licht, einen winzigen runden Tisch in der Ecke mit zwei Stühlen. Die Kerze war beinahe heruntergebrannt, und eine feine Wachsspur zog sich über die abgeblätterte Tischplatte. Im Hintergrund Soulmusik, Norah Jones, die New Yorkerin mit der Melancholie in der Stimme. Ich hatte ihre CD tausend Mal gehört, allein, wenn es dunkel wurde. Miriam löste ihr Haar und strich sich mit den Fingern hindurch. An der linken Hand trug sie heute einen einzigen schweren Silberring.

»Was trinkst du?«

Sie schaute auf und lächelte, ein schnelles, dennoch warmes Lächeln.

»Weißwein. Und du?«

»Rioja.«

»Natürlich.«

Ich bemerkte das Funkeln in ihren Augen.

»Was heißt hier natürlich?«

»Und du erzählst mir, du willst keine Spanierin mehr sein?«

»Das habe ich nie behauptet.«

Ihr Blick war plötzlich ernst.

»Nein, das hast du nicht.«

Der Rotwein legte sich wie ein Nebel über den Abend. Ihre schmalen Hände spielten mit den Untersetzern. Norah Jones sang »Come Away With Me«, und irgendwann hatte ich das Gefühl, die Kontrolle zu verlieren, mit jeder Minute tiefer hineingesogen zu werden in das endlose Blau hinter ihren dunklen Wimpern. Es war leicht, die Fragen zu vergessen. Und doch ...

»Wovon lebst du jetzt?«

Den Fall aufgehalten, eine letzte Spur Rationalität, ehe ich mich vollends von der Nacht treiben ließ.

»Was denkst du?«

»Ich habe keine Ahnung – was kommt nach dem Tanzen?«

Ihre Schultern automatisch hochgezogen, als wolle sie sich von meiner Neugierde, der Vergangenheit distanzieren. Ich kannte diese Geste, hatte sie selbst jahrelang eingeübt, Schutzwall gegen die Fragen nach ihm, der Illusion ergeben, dass nicht darüber zu reden es ungeschehen machte.

Sie sah mich nicht an, während sie sprach.

»Ballettkurse geben, ab und zu choreographieren, wenn ich Glück habe. Das ist die Realität. Ich glaube nicht, dass sich noch jemand von den Zuschauern in New York an mich erinnert. Du wirst geliebt nur für den Augenblick, weißt du? Keine Kunst ist so vergänglich wie Tanzen.«

»Warum hast du nicht versucht, hier wieder ein Engagement zu finden?«

»Weil …«

Sie schwieg, wieder fuhren ihre langen Finger durch ihr Haar, hastig diesmal, als hätte sie einen Gedanken mittendrin abgebrochen, als klänge die Antwort, die sie mir eigentlich hatte geben wollen, noch in ihr nach.

»… weil nicht immer alles so einfach ist, wie du schon bemerkt hast.«

Ihr Blick ging an mir vorbei; sie schien in der Ferne etwas zu sehen, hatte ein Bild vor Augen, an dem ich keinen Anteil hatte. Enttäuschung in meiner Kehle, bitter. Wieder hatte sie die Chance gehabt – wieder hatte sie mir nicht von ihrem Sohn erzählt.

Wir tranken unsere Gläser aus, zahlten und verließen die Bar, die mir anfangs so passend vorgekommen war – nun barg sie nur die Erinnerung an unsere Sprachlosigkeit. Leere statt Verliebtheit, ein schales Gefühl im Herzen.

An der U-Bahn-Station trennten wir uns; sie musste in die eine Richtung, ich in die andere. Wir standen uns gegenüber, als lägen Welten zwischen uns, die Hände in den Hosentaschen vergraben, gefangen im Gestern.

»Ja, dann – mach's gut.«

»Ja. Du auch.«

Nein, geh nicht! Stumm biss ich mir auf die Lippen, ein Schmerz anstelle eines anderen, der körperliche längst nicht so heftig.

Als sie bereits einige Stufen entfernt war, hielt sie inne und drehte sich noch einmal um. Das Licht der Straßenlaterne fiel auf ihr dunkles Haar, darunter wirkte ihr Gesicht sehr blass.

»Es tut mir leid«, sagte ich, ohne zu überlegen.

»Das muss es nicht. Du hast ein Recht, Fragen zu stellen, genau wie ich.«

Die Erleichterung unendlich, meine Knie wurden weich und hätten um ein Haar nachgegeben.

»Gehst du morgen mit mir zu einem Konzert, Elena?«

»Wann und wo?«

»Um zwanzig Uhr in der Kulturbrauerei.«

»Ich werde da sein.«

Sie lächelte, vorsichtig zwar, aber immerhin: sie lächelte.

»Vielleicht sollten wir zwei noch mal von vorn beginnen?«

Am nächsten Tag Leichtigkeit, Schwerelosigkeit. Paul sah mir eine Weile dabei zu, wie ich arbeitete und vor mich hin lächelte, ihm die fertig kolorierten Entwürfe in einem Bruchteil meiner sonstigen Zeit auf seinen Schreibtisch schob, von Zeit zu Zeit aus dem Fenster blickte und dabei, ich wusste es, in gewisser Weise entrückt aussah. Dann grinste er und schüttelte den Kopf.

»Aus dir soll einer schlau werden.«

»Musst du auch gar nicht!«

Ich zwinkerte ihm zu, ehe ich in der Teeküche verschwand. Mich konnte an diesem Tag nichts aus der Fassung bringen.

Gegen fünf fuhr ich meinen Computer herunter, packte die Zeichenstifte zusammen und war schnell wie der Wind zur Tür hinaus. Martin rief mir noch ein »Viel Spaß!« hinterher, für das ich mich, schon halb auf der Treppe, bedankte. Dann fuhr ich nach Hause, um mich umzuziehen.

Der Anrufbeantworter blinkte hektisch, als ich zur Tür hereinkam. Renées Stimme füllte den Raum, wie immer mühelos; sie fuhr für fünf Tage nach München zu einem Workshop. Kein Wort darüber, ob wir uns hinterher wiedersehen würden, keine Andeutung, ob wir uns überhaupt jemals wiedersahen. Ihre kalte, harte Stimme am Morgen nach ihrem Geburtstag fiel mir wieder ein: »Weißt du eigentlich, dass Miriam einen Sohn hat?« Was hatte sie damit bezweckt? Abschreckung? Wollte sie mich schockieren, um mir eins auszuwischen? Das war ihr nicht gelungen. Doch es hatte mich nachdenklich gemacht.

Ich beschloss, Miriam diesmal zu fragen. Das Konzert war die letzte Chance, am nächsten Tag kehrte sie zurück nach Hamburg, zurück in ihr Leben, von dem ich so gut wie nichts wusste, nichts außer der Tatsache, dass sie es mit einem Kind teilte. Ich hatte das Gefühl, sie nie wiederzusehen, wenn ich sie an diesem Tag nicht fragte. Ich hatte es selbst erlebt, bei meinen Eltern: Wenn man den richtigen Zeitpunkt für die Wahrheit verpasste, war es irgendwann zu spät. Und Miriam war mir bereits zu nah, um sie auf diese Weise verlieren zu wollen.

Beigefarbene Cargohosen, ein eisblaues Shirt, Sneakers, es war mir wichtig, an diesem Abend meine Wohlfühlklamotten zu tragen. Keine elegante Maskierung, kein Oberteil, in dem ich mich nur unbehaglich fühlen würde. Ehrlichkeit war an diesem Abend entscheidend. Ich wusste, dass es so war, und sie wusste es mit Sicherheit auch. Zu früh vielleicht der Zeitpunkt, zu schnell die Frage »Was wird aus uns?«, doch die Umstände wollten es so. Zu viele Kilometer trennten uns für weitere unverbindliche Treffen. Beschlossen wir, uns wiederzusehen, hieß das von uns beiden ja – ja zu mehr als einer flüchtigen Affäre, ja zu mehr als einer Freundschaft, über die wir längst hinaus waren.

Vor der Kulturbrauerei hatte sich, als ich gegen neunzehn Uhr ankam, bereits eine lange Schlange gebildet. Miriam war nirgends zu sehen, und ich stellte mich hinten an, fühlte mich unbehaglich zwischen all den Wartenden, war mir plötzlich nicht mehr sicher, ob sie überhaupt kommen würde, verrannte mich in diesen Gedanken, der Herzschlag außer Kontrolle, wieder mal.

Ich stellte mir vor, ohne sie zu gehen, ohne sie mitten zwischen all diesen Menschen in einem abgedunkelten Raum zu stehen und einer fremden Stimme zu lauschen. Die schwarze Sängerin stammte aus Mali, sie bot keine laute Ablenkung, statt dessen ruhige, eindringliche Liebeslieder. Es schien unmöglich, diesen Abend ohne Miriam durchzustehen, doch wieder nach Hause gehen, allein, dort der CD-Player, der halbherzige Versuch, sich abzulenken? Nein.

Neunzehn Uhr fünfzehn, von Miriam keine Spur. Die Zahl der Anstehenden zwischen mir und der Kasse hatte sich merklich verringert, und ich fragte mich, was ich verlangen sollte, ein Ticket oder zwei. Fröhlichkeit um mich herum, weitere Menschen erschienen, trafen sich, umarmten einander und verschwanden im Inneren. So oft war ich allein zu Veranstaltungen gegangen – jetzt war es das letzte, was ich wollte.

Es tat weh, an sie zu denken, obwohl ich sie vor wenigen Tagen noch nicht einmal gekannt hatte. Ich versenkte mich in ein altes Plakat, das an einer Mauer klebte und eine längst vergangene Veranstaltung ankündigte, zog die Linien mit meinem Blick nach, hielt mich an den Farben fest, versuchte, die Trauer in meiner Kehle zu verdrängen.

»Hey!«

Ihre Hand auf meiner Schulter, zart, auch sie zog eine Linie, über meine Haut diesmal, Kribbeln im Bauch. Ich drehte mich langsam um, um die Erkenntnis sinken zu lassen, dass sie tatsächlich gekommen war.

»Hallo!«

Sie sah wunderschön aus. Mir fiel einfach kein anderes Wort ein, das auf sie zugetroffen hätte. Ihre helle Haut, die langen dunkelroten Haare, die ihr locker über die Schultern fielen, die blauen Augen, der schmale, dennoch weibliche Körper. Sie trug eine weite Marlene-Hose, schwarze Stiefel, ein Oberteil mit kurzen Ärmeln. Zum ersten Mal erblickte ich die Muskeln an ihren Armen, sehnig und kraftvoll, wie ich sie bis jetzt nur bei den Tänzerinnen an der Oper gesehen hatte, und selbst da nur aus der Ferne. Ihr Körper war anders als andere, beweglicher. Ich hatte sie am Tag zuvor an der Ampel beobachtet, wie sie dastand und wartete, dabei unbemerkt die Füße dehnte und streckte. Wahrscheinlich sah neben ihr jede andere Frau plump aus.

Die Schlange war unterdessen vorgerückt. Ich war dran. Ich kaufte zwei Karten.

»Wollen wir gleich reingehen?«

Wir setzten uns an die Bar und tranken etwas und suchten uns einen Platz, von dem aus wir die Bühne im Auge hatten. Miriam schien gelöster als zuvor, als hätte sie für sich eine Entscheidung getroffen. Sie lachte viel, ihre langen Finger strichen entspannt durch ihr Haar. Ich spürte, wie sich mein Herz zusammenzog, wann immer sie mich ansah. *Sie ist da*, dachte ich, und noch einmal: *Sie ist da!* Die Angst verschwand aus meinem Körper, sie löste sich einfach auf und wurde durch schlichte Freude ersetzt, und in jenem Moment wusste ich, dass ich mich mein Leben lang an diesen Abend erinnern würde.

Als es unmittelbar vor dem Auftritt dunkel wurde, nahm sie meine Hand. Ganz langsam schoben sich ihre Finger in meine, und ich hielt sie fest, eine Ewigkeit lang, während die warme, herbe Frauenstimme den Raum füllte. Ihr Duft stieg mir in die Nase, leicht und einzigartig. Mir fiel auf, dass wir uns bis zu diesem Augenblick noch nicht berührt hatten, nicht ein einziges Mal, und gleichzeitig begriff ich, wie sehr ich mich danach gesehnt hatte. Zu spüren, wie ihr Körper sich anfühlte, dessen Kraft und Anmut mich von Anfang an verwirrt hatten, ihre Muskeln unter meinen Händen zu fühlen, zu spüren, wie sie sich bewegte.

Viel zu schnell kam das Ende des Konzerts, viel zu schnell gingen die Lichter an. Die Menschen um uns herum lösten sich aus ihrer Ruhe. Automatisch ließen unsere Hände voneinander, als hätten wir etwas Verwerfliches getan. Vielleicht gehörte sie aber auch einfach nur uns, diese Stunde, dieser gemeinsame Augenblick, uns und niemandem sonst, keinem neugierigen Blick, nicht der Atmosphäre von Aufbruch, den angeregten Diskussionen, den hellen Lichtern.

Wir sahen uns an, das Blau ihrer Augen wirkte auf einmal dunkel, undurchdringlich. Draußen gingen wir die Straße entlang, so dicht nebeneinander, dass sich unsere Ellenbogen berührten. Eine Gänsehaut legte sich langsam über meine Arme, meinen Rücken. Sie fragte nicht, wohin wir gingen, sie folgte mir einfach in die Richtung, die ich einschlug, immer weiter, bis wir vor meiner Wohnungstür standen.

Wir lächelten nicht mehr, atmeten nur noch, atmeten die Dunkelheit in dem einzigen Raum in unsere Lungen, die Sommerluft, die durch ein geöffnetes Fenster hereindrang, den Verkehrslärm von der Straße unter uns, die leise Musik meines Nachbarn, Geräuschkulisse um uns herum, und wir mittendrin und doch weit entrückt.

Sie berührte meine Wange mit ihren Fingerspitzen, sanft, als hätte sie Angst, mir weh zu tun. Ich spürte den Spuren nach, die sie hinterließ, Wärme, ein feines Kribbeln, Bilder auf meiner Haut. Mein Atem wie ein Seufzen, dann endlich nahmen wir uns in die Arme, hielten uns fest, als hätten wir uns verloren vor einer Ewigkeit und nun wiedergefunden. Ihre Hände wanderten über meinen Rücken, leicht wie Federn, ich vergrub mein Gesicht in ihrem Haar, schloss die Augen und sog den Geruch in mich ein, bis meine Lungen zu bersten drohten, füllte jeden Winkel meines Körpers mit ihr, mit ihrem Duft, der bis dahin nur mehr eine Ahnung gewesen war.

Ihre Lippen waren unvorstellbar weich auf meinen. Sie küsste mich eine Ewigkeit, ehe ich es wagte, den Mund zu öffnen. Sie ließ meine Zungenspitze hinein, und ich zog Miriam noch fester an mich, dass es beinahe schmerzte, so als könnte ich uns dadurch zu einem einzigen Wesen machen, wenigstens für eine Nacht. Sie fuhr mit den Händen unter mein Shirt, über meinen Rücken.

Als ich sie nackt vor mir sah in dem blauen Dämmerlicht, das von draußen hereindrang, schien es mir für einen Moment unmöglich, sie zu berühren, so schön war sie, dabei so unglaublich weit entfernt von dem üblichen Ideal. Ihre Brüste waren winzig, kaum sichtbar unter der Kleidung am Tag, doch ich fand sie schön, wie alles an ihr, schön wie ihre sehnigen Oberarme, die hart und weich zugleich sein konnten, schön wie ihre muskulösen Oberschenkel, ihre Füße, ihre Zehen, die so viele Jahre ihr Gewicht getragen hatten, schön wie ihr flacher Bauch, schön selbst die unübersehbaren Spuren des jahrelangen harten Trainings und des Hungers an ihrem Brustkorb, an dem die Rippen deutlich hervortraten. Schön, weil sie es war, nackt und pur, ohne schützendes Schwarz um sie herum, ohne Rückzugsmöglichkeiten. Einfach nur sie und ich, und diese Nacht, und dieses unbegreifliche Glücksgefühl, dass wir uns begegnet waren.

»Hallo, du«, sagte sie leise, als würden wir uns zum ersten Mal sehen. Ich verschloss ihren Mund mit meinem, hielt sie fest, hielt sie die ganze Nacht, sah immer nur sie in diesem Taumel aus Begehren und Innehalten. Die Dunkelheit schien kein Ende zu nehmen.

Und doch kam er, der Morgen, viel zu früh, viel zu rasch. Mein Kopf lag auf ihrer Brust, ihre Hand in meinem Haar. Schlaflos, dem Nachklang unserer hungrigen Finger lauschend, in ängstlicher Erwartung vor dem Tag und noch lange nicht bereit dafür. Ich hätte alles darum gegeben, die Nacht zurückholen zu können, doch das Blau vor meinen Fenstern wich zusehends einem fahlen Grau.

»Elena?«

Sie flüsterte, obwohl uns niemand hören konnte, ihre Hand streichelte mich.

»Ich muss dir etwas sagen.«

»Ja?«

»Ich habe einen Sohn.«

»Ich weiß.«

War es ein Fehler? Hätte ich mich unwissend stellen sollen? Es war mir nicht in den Sinn gekommen.

»Du hast es die ganze Zeit gewusst?«

»Ja, seit dem Morgen nach Renées Party.«

»Warum hast du nichts gesagt?«

»Weil ich es von dir hören wollte. Ich dachte, du brauchst vielleicht Zeit.«

Miriam hielt für einige Sekunden den Atem an, ehe sie ihn hörbar ausstieß.

»Und was denkst du nun darüber?«

»Ich denke, dass ich für den Anfang gern wissen würde, wie er heißt.«

Sie zog mich zu sich hoch, nahm mein Gesicht in ihre Hände, in ihren Augen noch immer das dunkle Blau der Nacht.

»Tim. Er heißt Tim.«

Sie lächelte.

Gegen fünfzehn Uhr fuhr Miriams Bus zurück nach Hamburg. Ich hatte mir einen Tag frei genommen, hatte in den letzten Wochen so viel geschafft, dass ich das Gefühl hatte, es mir verdient zu haben. Außerdem wollte ich Miriam zum Busbahnhof bringen, sie verabschieden, die Zeit mit ihr so lange wie möglich auskosten. Ich konnte mir nicht einmal vorstellen, in der folgenden Nacht zu schlafen, obwohl wir beide vollkommen übermüdet waren. Ich wollte das, was zwischen uns geschehen war, nicht zum Gestern werden lassen, zu einer Vergangenheit mit einer ungewissen Zukunft.

Es stand fest, dass Miriam nicht so bald wieder nach Berlin würde kommen können; soviel wussten wir bereits, ehe sie in den Bus stieg und mich allein zurückließ, durcheinander und bereits jetzt voller Sehnsucht nach ihr. Bianca, ihre beste Freundin, hatte Tim für einige Tage zu sich genommen, doch sie war Fotografin und ständig unterwegs, die freien Tage waren eine Ausnahme gewesen. Tims Vater war bis jetzt noch nicht zur Sprache gekommen – ich wusste nichts über ihn, außer dass er in ihrem Leben keine Rolle mehr spielte. Wollte ich sie wiedersehen, musste ich zu ihr nach Hamburg fahren, ausgerechnet in die Stadt, die für mich so viele Erinnerungen barg, traurige vor allem, und zornige. War ich bereit, mich ihnen zu stellen? Den Gedanken an Oliver, seinen gewaltsamen Tod, dem Wissen um meine spanische Familie, die so weit weg war? Zum ersten Mal seit langer Zeit, vielleicht zum ersten Mal überhaupt in meinem Leben, stellte ich erstaunt fest, diese

Frage mit ja beantworten zu können. Auf einmal, seitdem es Miriam gab, war eine erstaunliche Gelassenheit in mir. Warum sollte ich es nicht können? Ganz plötzlich schien es mir, als ob sie recht hatte. *Weil ich mich frage, warum du nicht einfach deine Sachen packst und hinfährst ...*

Was hatte mich zurückgehalten, all die Jahre lang, seitdem ich volljährig war? Was hatte mich davon abgehalten, meinen Vater zu zwingen, mir die Adresse und Telefonnummer seiner Schwester in Barcelona zu geben? Meine Großeltern lebten nicht mehr, mein Großvater war fünf Jahre zuvor erst gestorben, soviel wusste ich. Nicht einmal zu seiner Beerdigung waren wir gefahren. Es war nicht falsche Rücksichtnahme auf meine Mutter oder meinen nachgiebigen Vater gewesen, die mich davon abgehalten hatte, nach Spanien zu fliegen und die Bilder meiner Kindheit wieder zum Leben zu erwecken. Angst hatte mich in Hamburg gehalten, Angst davor, erkennen zu müssen, dass die Menschen in Barcelona ein Teil von mir waren und ich ein Teil von ihnen. Verleugnet, verdrängt, sechzehn Jahre hindurch, Herablassung in den Erzählungen meiner Mutter, bis ich ihr schließlich geglaubt hatte. Erst langsam, erst seit Sergios Brief kam die Erkenntnis, dass es nicht so sein musste. Vorsichtige Annäherung, in Gedanken vorerst nur, aber immerhin.

Plötzlich, mit Miriams Worten, schien es möglich, den Kontakt wieder aufzunehmen. Vielleicht hatte ich jemanden gebraucht, der mir die Wahrheit ins Gesicht sagte, klar und schonungslos.

Ein Nachmittag am Meer, meine letzte fassbare Erinnerung, wenn ich an Spanien zurückdachte: das Blau des Meeres, der Himmel, davor die Silhouette meines Vaters, der meinen Drachen hielt. Der Wind, der an ihm riss, der ihn emportragen wollte, weit hinauf in das endlose Blau, das Lachen meines Vaters, der sonst nie lachte. Er lief über den Sand, und ich hielt die Schnur fest in beiden Händen, stolz. Mein eigenes Lachen fremd, als sähe ich einen alten, zu oft abgespielten Film. Sogar die Gerüche hatten sich erhalten, das Salz des Meeres in der Luft, die Wärme der Sonne auf meiner Haut.

Meine letzten Sommerferien in Spanien mussten das gewesen sein, allein mit meinem Vater, während meine Mutter mit Oliver in Hamburg geblieben war. Mein Bruder war damals erst fünf Jahre alt gewesen. Meine Eltern hatten sich mal wieder darüber gestritten, dass er noch nie in Barcelona gewesen war, doch wie immer hatte meine Mutter das letzte Wort behalten. Immer, außer bei meinem Namen. *Meine Tochter bekommt den Namen meiner Großmutter.* Sie hatte nachgegeben, sich jedoch bei meinem Bruder gerächt. »Oliver Alexander«, nach ihrem Patenonkel. Manchmal denke ich, dass sie jedes - mal, wenn sie mich rief, meinen Namen hasste, als Zeichen für all das, was sie verachtete, was ihr angst machte. Doch ich habe sie nie gefragt.

Als Miriam in den Bus stieg, fühlte ich mich, als würde man mir etwas nehmen, was ich bereits jetzt unabdingbar zum Leben brauchte. Ihre Fingerspitzen sagten meinen als letztes Lebewohl, kurz bevor sich die Tür hinter ihr schloss. Dann fuhr sie fort, und ich stand allein dort, an einem Sommernachmittag mit verhangenem Himmel, schwül und grau. Jeder Kilometer, den sie sich von mir entfernte, schmerzte. Ich fühlte mich körperlich zerschlagen wie nach einem harten Training. Ich spürte immer noch ihre Haut auf meiner und war mir doch bewusst, wie fern sie bereits war. Ich wusste nicht, wie ich den Alltag durchstehen sollte, die Barschicht an diesem Abend, die Arbeit im Verlag, banale Dinge wie einkaufen und das Bezahlen von Rechnungen.

Zu Hause riss ich mir die Kleider vom Leib und schickte mich an, unter die Dusche zu gehen, doch dann hielt ich inne. Wollte ich mir wirklich ihre Spuren vom Körper waschen, ihren Duft von meiner Haut tilgen, die letzten Zeichen der Nacht? Doch ihr Geruch an mir war bereits verflogen. Fast panisch registrierte ich es, suchte nach ihren Spuren an mir und fand sie doch nicht. Schließlich drehte ich das Wasser auf, so heiß, bis ich es kaum noch ertragen konnte, und während die Tropfen auf meinen Nacken prasselten, kroch endlich die Entspannung in meine Glieder. Mit ihr kam die Erkenntnis. Auf meinem Körper, auf meiner Haut, meinem Rücken, meinem Bauch konnte ich Miriams Spuren nicht finden. Ich trug sie in mir.

5

»Ja?« Die Stimme meines Vaters am Telefon klang abgehetzt und atemlos.

»Ich bin's.«

»Elena?«

»Ja.«

Pause. Dann fuhr er fort, hörbar entspannter. »Wie geht es dir?«

»Gut. Wie läuft es zwischen dir und Mutter?«

Er seufzte. »Willst du eine ehrliche Antwort? Ich weiß es nicht. Irgend etwas stimmt nicht mit ihr, aber sie redet nicht darüber, jedenfalls nicht mit mir.«

Seine versteckte Frage brachte mich in eine Zwickmühle.

Sie hatte mir erzählt, dass da ein anderer Mann existierte, doch weiter keine Einzelheiten. Natürlich wäre es ein Leichtes für mich gewesen, ihm zu sagen, was ich wusste. Doch wollte ich das? Wollte ich mich als ihr Sprachrohr missbrauchen lassen? Ich entschied mich, es ihr zu überlassen, was und wann sie ihm etwas erzählte.

»Ich möchte dir etwas sagen.«

»Ja?«

Er wurde hellhörig. Ich konnte ihn mir genau vorstellen, wie er im Flur stand, den Hörer in der linken Hand, die Pfeife in der rechten, im Licht, das aus seinem Arbeitszimmer neben der Küche drang. Endlose Abende hatte er sich dort früher vergraben.

»Ich habe jemanden kennengelernt.«

»Oh.«

Er schien tatsächlich überrascht zu sein.

»Wie schön für dich.«

Nichts weiter, keine Fragen. Ich kannte das zu gut, um mich davon aufhalten zu lassen.

»Ihr Name ist Miriam.«

Erneutes Schweigen, verunsichert diesmal. Ich hätte es ihm längst sagen sollen, dass ich auf Frauen stand, das begriff ich plötzlich, an diesem Abend. Hätte die Heimlichkeiten beenden sollen, an denen wir alle erstickten, und doch ... Ohne sie, ohne Miriam und all die zarten Gefühle für sie, wäre es undenkbar erschienen.

»Bist du ... Ich meine ... bist du verliebt in sie?«

»Ja. Ja, ich denke schon.«

Er tat mir beinahe leid, wie er vor meinem inneren Auge dort stand, allein, und sich nach und nach von seinen Illusionen verabschieden musste, zumal sie das einzige waren, was ihm nach all den Jahren geblieben war. Von seinen alten Freunden war keiner mehr da, nicht einer hatte dem durchdringenden, herablassenden Blick meiner Mutter standgehalten.

»Das ist gut.«

»Warum hast du mich eigentlich nie danach gefragt?«

Wieder seufzte er, müde diesmal.

»Du warst so verschlossen seit ...« Er brach ab.

»Seit Olivers Tod? Ist es das, was du sagen wolltest?«

Meine Stimme heiser vor Sehnsucht, Sehnsucht nach Oliver, immer noch. Nach seinem Lachen, seinen störrischen schwarzen Haaren, die ihm permanent in die Stirn fielen, seinem langen schlaksigen Körper, seiner Nachdenklichkeit, seiner Lust auf das Leben, seiner Anwesenheit in meinem Leben.

»Ja.«

»Und was ist mit dir? Ich hatte nicht das Gefühl, dass du offener warst als ich.«

»Vermutlich hast du recht. Ich frage mich in letzter Zeit öfter, ob ich nicht ihr zuliebe viel zuviel geschwiegen habe.«

Ich stieß den Atem aus, als hätte ich ihn über Jahre hinweg angehalten. Endlich hatte ich wieder einen Verbündeten. Zum ersten Mal seit Olivers Tod hatte ich das Gefühl, dass mein Vater sich auf meine Seite schlug.

»Hast du je wieder Kontakt zu ihnen aufgenommen?«

Seltsamerweise verstand er mich sofort, und es war, als würde die Nähe, die wir in meiner Kindheit gehabt hatten, zurückkehren. Wieder ein Film in meinem Kopf, wieder die Sonne, sein Lachen, die Drachenschnur in meiner Hand. Erinnerungen an Barcelona.

»Ja.«

Erstaunte mich seine Antwort? Vielleicht. Vielleicht hatte ich es aber auch geahnt in den letzten Monaten, vielleicht hatte ich es nicht mehr glauben wollen, dass ein Mensch, der seine Familie über alles geliebt hatte, sie für immer aus seinem Leben verbannen konnte.

»Seit wann?«

»Erinnerst du dich an den Brief, den ich dir mitgebracht habe? Einige Wochen nach Olivers Unfall habe ich meine Schwester Inés angerufen. Sie war sehr zornig und sehr glücklich zugleich, von mir zu hören. Seitdem schreiben wir uns regelmäßig. Ich habe ihr die Adresse der Kanzlei gegeben, damit deine Mutter nichts merkt. Langsam glaube ich allerdings, es wäre ihr mittlerweile gleichgültig. Was meinst du?«

»Ich habe keine Ahnung, Vater. Alles, was ich weiß, ist, dass ich sie wiedersehen will, alle. Verstehst du?«

»Du willst nach Barcelona fahren?«

»Ja.«

Er schwieg. Dann seufzte er.

»Was ist los?«

»Du bist alt genug, um deine eigenen Entscheidungen zu treffen, Elena.«

Als ich den Hörer auflegte, fuhr draußen auf der Straße ein Moped mit lautem Geknatter vorbei, mein Nachbar drehte seine neue Robbie-Williams-CD voll auf, und es begann zu regnen über Berlin. Alltag, ganz normales Leben. Nicht ganz. Für mich war etwas Entscheidendes geschehen. Eine Tür hatte sich geöffnet, als ich Miriam begegnet war, eine weitere mit dem Telefonat. Kein Hinnehmen mehr, kein Warten. Für einen Moment die Angst in meiner Kehle vor dem, was kommen würde, davor, mich meinen Gefühlen zu stellen. Wie fühlte sich Trauer an, wenn man sie wirklich zuließ? Wie fühlte es sich an, nach Hause zu kommen und sich auf eine Familie einzulassen? Doch die Angst löste sich auf in der

Erinnerung an Miriams Gesicht, an ihre Verletzbarkeit, ihre Stärke.

Ich wählte ihre Nummer, sehnte mich nach ihrer ruhigen Stimme. Im Dämmerlicht saß ich auf meinem Bett, in dem sie einige Tage zuvor noch gelegen hatte und in dem ich dennoch vergeblich nach ihrem Duft suchte. Die Laken glattgestrichen, die Kissen aufgeschüttelt, meine Gedanken wirbelten durcheinander. Da war nur sie, ihre nackte Haut unter meinen Fingern, ihre schmalen Hände, ihre Augen, dunkel. Nachtblau.

»Hallo?«

»Hey.«

Schweigen, Lauschen, für einen Moment Atmen im Gleichklang. Mein Herzschlag zum ersten Mal an diesem Tag wieder im Gleichmaß.

»Was macht ihr so?«

»Tim schläft tief und fest. Ich sitze hier und lese und habe Sehnsucht nach dir.«

»Ich habe gerade mit meinem Vater telefoniert.«

»Und?«

»Ich habe ihm von dir erzählt.«

Ich konnte spüren, wie sie lächelte, über all die Entfernung hinweg.

»Und ich habe ihm gesagt, dass ich nach Spanien fliegen werde. Dabei habe ich das eine Minute vorher selbst noch nicht mal gewusst.«

»Das ist ja phantastisch!« Sie überlegte einige Sekunden, dann fragte sie zögernd: »Wann kommst du uns besuchen? Wann kommst du mich besuchen?“

»Willst du denn, dass ich komme?«

»Ja. Weißt du das denn nicht?«

»Dann komme ich. Sobald es geht.«

Ende Juli wurde es endgültig unerträglich heiß im Verlagsbüro. Tag für Tag surrte der Ventilator, ohne viel auszurichten, nachts klebten Decken und Laken an der Haut. Richard und ich verbrachten jede freie Minute im Schwimmbad, wurden zusehends brauner und durchtrainierter. Es war gut, sich auszupowern, zumindest den Körper zur Ruhe zu bringen, danach im Dunkeln auf dem Bett zu liegen, an sie zu denken, sich der Entspannung hinzugeben. Nach einer halben Stunde im Wasser drehten wir uns meistens erschöpft auf den Rücken und ließen uns treiben, blinzelten in das makellose Blau über uns und sprachen miteinander über Dinge, die an einem Tisch in einem Café vielleicht ungesagt geblieben wären.

»Fehlt sie dir?«

»Ja. Wie verrückt.«

»Warum fährst du nicht hin?«

»Das werde ich. Nächstes Wochenende.«

»Das ist gut.«

Er schwieg.

»Richard?«

»Ja?«

»Ich habe Angst, manchmal.«

Er drehte sich auf die Seite, sah mich an.

»Warum?«

»Wegen ihm.«

»Wegen Tim?«

Ich nickte.

»Das macht es so ... Ich weiß nicht. Bedeutend?«

Die Wassertropfen liefen ihm über die Stirn und in die Augen. Nachdenklich wischte er sie fort.

»Wäre es dir lieber, sie wäre nur eine flüchtige Affäre? Kino, Essen, Bett, das war's?"

Seine Stimme war ernst, ernster als gewöhnlich.

»Nein. Dazu ist sie mir zu wichtig.«

»Dann lass dich von ihrem Sohn nicht abschrecken, Elena. Er hat mit euren Gefühlen füreinander zunächst mal nicht das geringste zu tun. Es geht nur darum, was ihr miteinander wollt.«

»Ich weiß nicht, Richard. Vielleicht ginge das, wenn er nicht bei ihr leben würde. Aber er wird dort sein, nächste Woche, die ganze Zeit, immer.«

Er seufzte, dann wies er mit dem Kopf in Richtung Wiese.

»Gehen wir raus?«

Erschöpft ließen wir uns auf unsere Handtücher fallen. Über mir wiegte sich ein Zweig im leichten Wind und warf Schattenflecken auf meinen Bauch. Richard saß neben mir und blickte über die Liegewiese. Er nahm den Faden wieder auf.

»Ernsthaft, Elena: Was ist so schlimm daran, wenn er da ist? Kleine Kinder müssen mal ins Bett. Du wirst nie herausfinden, ob es das Richtige für dich ist, wenn du es nicht versuchst.«

Ich sah wieder ihr Gesicht vor mir, ihre hellen Augen, die schmalen Finger, ihr Haar, das leise Lächeln auf ihren Lippen.

»Vielleicht hast du recht.«

Als ich meine Wohnungstür aufschloss, fiel mir zum ersten Mal die Leere auf, die dort herrschte. Stille, unpersönliche Räume im Dämmerlicht, die kaum etwas mit mir zu tun hatten, praktisch zwar, doch weit entfernt davon, ein Zuhause zu sein. Es war mir nie aufgefallen, bis Miriam hier gewesen war. Ihre unaufdringliche Fröhlichkeit, ihre Ruhe, ihre körperliche Präsenz – ohne sie schien das Zimmer nun leer und verlassen.

Heute war ein Päckchen mit der Post gekommen. Ich wusste, was es enthielt, ich hatte sie am Telefon darum gebeten, mehr als einmal. *Ich will dich tanzen sehen.* Vor zwei Tagen hatte sie endlich eingewilligt. Ich ließ mir Zeit. Goss mir in der Küche ein Glas Wasser ein, hängte meine nassen Sachen zum Trocknen auf, zog das Telefon raus, bis ich begriff, dass ich vor ihrer Vergangenheit davonlief, ohne eigentlich zu wissen, warum.

Das Video war ein Zusammenschnitt von drei verschiedenen Stücken. Drei Ballette mit Miriam in einem Solopart. Gleich das erste Bild zeigte sie in Großaufnahme, unverkennbar. Eine jüngere Miriam zwar, dünner noch als jetzt, die langen Haare zu einem perfekten Knoten geschlungen, mit starkem Make-up, das ihre Augen und ihre Lippen betonte, und dennoch sie. Der Körper durchtrainiert, knochig und muskulös zugleich, die Bewegungen, die man heute im Alltag nur ahnen konnte, weich und fließend, dabei vollkommen kontrolliert.

Man kann nur tanzen oder leben, Elena, beides geht nicht. Du musst die Gedanken an das Morgen ausschalten. Morgen existiert nicht für uns Tänzerinnen. Du kannst nur wirklich gut sein, wenn du dich ganz der Musik und der Kunst hingibst, und damit verzichtest du automatisch auf das normale Leben.

Ich hatte nicht verstanden, was sie damit gemeint hatte, damals, doch jetzt, als ich im Dunkeln vor den Bildern saß, zusah, wie sie über die Bühne schwebte, begriff ich: Sie hatte ihren Traum gelebt, mit aller Leidenschaft, mit aller Kraft und Intensität, die man dafür benötigte. Jetzt war es ihr Sohn, für den sie lebte, für die Kunst war nichts übriggeblieben.

Das erste Ballett war zu Ende, die Bühne wurde dunkel, dann wieder hell, und das zweite Stück begann. Miriam trug ein dunkelrotes Trikot mit langen Beinen, ihre Haare waren gelöst. Ihr Partner hatte schwarze Locken und sah gut aus, auf eine düstere Art. Er lächelte nicht ein einziges Mal, die Anstrengung zeigte sich deutlich in seinen schönen Zügen. Wieder ihre Stimme in meinem Kopf – *Wenn du dich für das Leben entscheidest, für eine Beziehung, Partys, gutes Essen, Alkohol, dann ist es deinem Gesicht beim Tanzen anzusehen. Der Zwiespalt, die Sehnsucht, der tägliche Kampf.*

Er berührte sie, hielt sie, fing sie auf. Ihr Gesicht makellos, kein Schweißtropfen, keine Falten, kein Anzeichen von Müdigkeit. Wie sollte man den Gedanken an die Zukunft ertragen, ohne finanzielle Absicherung, ohne eine andere Berufsausbildung, doch mit dem Wissen, dass der geschundene Körper irgendwann, wenn andere ihre Karriere begannen, am Ende sein würde? Die Muskeln müde, doch der Kopf hellwach. Das Unausweichliche nur hinausgezögert mit Hilfe von Eisbeuteln, Bandagen, Fußbädern – notwendige Rituale, um den Körper in die täglichen *pliés* zu zwingen. Beschäftigt damit, Bänder an die Spitzenschuhe zu nähen, die Muskeln zu lockern. Keine Freundschaften mit Menschen außerhalb des Theaters. Sie hatte es mir erklärt: Es gab einfach keine Gemeinsamkeiten, keine Gesprächsthemen. Wenn andere ausgingen, gingen sie zu Bett, wenn andere aßen, hielten sie sich an zuckerfreie Limonade, Vitaminpillen und Joghurt. Körperlichkeit pur, die Seele in den Zehen und Knien, in den Hüften und Wirbeln, im Nacken, in den Ellenbogen, in den Zehenspitzen. Aufgehen im Augenblick, für ein paar Jahre, schwereloses Schweben, und die Gedanken an den Aufprall verweigert.

Das Stück war zu Ende, Miriam und ihr Tanzpartner verbeugten sich und verschwanden hinter der Bühne. Gleich darauf erschienen sie wieder. Miriam sah plötzlich so schmal aus, wie sie vorn an der Rampe stand, so verletzlich, und ich begriff, wie fragil dieser ersehnte Augenblick war. Ihr Körper musste funktionieren. Wenn er sich verweigerte, wenn sie strauchelte und fiel, konnte von einem Tag auf den anderen alles vorbei sein.

Jetzt leben – nicht auf das Morgen warten.

Das letzte Stück war das anspruchsvollste, schwierigste. Ich bemerkte es sofort an ihren Augen, an dem feinen Zucken um die Mundwinkel, wenn sie nach einem Sprung landete. Den Schmerzen ins Gesicht gelächelt.

Sie war wunderschön. Der gleiche Gedanke, den ich zum ersten Mal am Abend des Konzerts gehabt hatte: Es gab keinen Ausdruck, der besser auf sie passte. Obwohl sie beängstigend dünn und blass war, ihre hellen Augen riesengroß unter den künstlichen Wimpern – sie war unglaublich schön.

Donnerstagmorgen, ein Gewitter lag in der Luft, in der Ferne grollte es bedrohlich. Grauer Himmel hing wie eine Glocke über Berlin, der Schweiß rann mir zwischen den Brüsten und den Rücken hinunter, als ich mich mit meiner Reisetasche auf den Weg zum Busbahnhof machte. Das Ticket nach Hamburg steckte hinten in meiner Jeans, seit dem Vortag schon.

Vier Tage bei ihr, vier Tage mit Miriam. Nicht ganz: Übernachten wollte ich bei einem ehemaligen Kommilitonen von mir, Schonfrist für Tim und für mich, ein langsames Annähern von beiden Seiten. Meine Unsicherheit nahm zu, je näher der Moment rückte, wo ich ihrem Sohn gegenüberstehen würde. Ich kannte mich nicht aus mit Kindern, hatte sie stets nur aus der Ferne beobachtet, oftmals lächelnd, doch ohne je den Wunsch nach mehr Nähe zu verspüren. Ich hatte Sehnsucht nach Miriam, doch plötzlich schob sich Tims Bild vor das ihre – eine Art Familienausflug anstelle von Zweisamkeit und Zärtlichkeiten – mit diesem Bild vor Augen stieg ich in die U-Bahn.

Die Riemen meiner alten Tasche schnitten mir schmerzhaft in die Finger, und dennoch konnte ich mich nicht von ihr trennen – sie war ein Geschenk meines Bruders gewesen, als wir zum ersten Mal allein in den Urlaub gefahren waren. Eine Woche Paris – Freiheit, ohne Vorschriften. Oliver war gerade achtzehn geworden, hochaufgeschossen, schlaksig, als wäre er in seinem Männerkörper noch nicht angekommen. Sieben Tage Julihitze in den Straßen, Entdeckergeist, kaum Schlaf. Wir wollten alles sehen, betasten, riechen, die alten Gebäude, den Gestank der Verkehrslawine jeden Morgen und Abend, das Wasser der Seine. Barfuß über die Grünflächen in den Parkanlagen, immer auf der Hut vor erbosten Wächtern, mit einer Flasche Wein, Käse und Baguette den Sonnenaufgang auf dem Montmartre genießen. Die Tauben und die Menschenansammlungen vor dem Louvre. Schließlich die Einsicht, dass alles zu erleben nicht möglich war, nicht einmal, wenn man achtzehn Jahre zählte.

Nach seinem Tod hatte ich die Einsamkeit nicht zugelassen, drei Jahre lang nicht, bis ich Miriam traf. Zum ersten Mal wieder das Wir-Gefühl, nach dem ich mich so gesehnt hatte. Ausgeschlossen, es wegen eines Kindes wieder aufzugeben. Doch – ich wollte zumindest versuchen, diese Beziehung zu führen. Ich wollte es unbedingt.

Hamburg, ZOB, die ersten dicken Tropfen fielen auf das Pflaster. Ich fühlte mich für einen Augenblick wie aus der Zeit gefallen, schwebend in einer Welt, die nur scheinbar etwas mit meinem Alltag zu tun hatte. Nicht mehr ganz hier und doch noch nicht ganz fort, stürmten die Erinnerungen auf mich ein und ließen mich nicht los, als ich in die S-Bahn nach Altona stieg, in die entgegengesetzte Richtung zu meinem Elternhaus.

Ich hatte weder meinem Vater noch meiner Mutter etwas von meinem Besuch erzählt; ich wollte mir Zeit lassen und die Entscheidung, ob ich sie sehen wollte oder nicht, spontan fällen; ich wollte keine Pflichtbesuche machen an diesem Wochenende, das Miriam gehörte.

In Altona stieg ich in den Bus in Richtung Othmarschen; die Straßen waren mir vertraut, obwohl es Monate her war, seit ich Sebastian das letzte Mal besucht hatte. Seit meinem Umzug nach Berlin hatten wir so gut wie jede Woche miteinander telefoniert und uns lange eMails geschrieben, doch es war natürlich nicht mehr dasselbe, war kein Ersatz für stundenlange Gespräche vor einer Schale Milchkaffee in unserem Lieblingscafé in der Innenstadt, für gemeinsam vor dem Videorecorder verbrachte weinselige Abende, die Spaziergänge an der Elbe mit Samson, seinem Labrador. Mit endlosem Eifer hatte er uns seinen tropfnassen Stock vor die Füße gelegt, wenn wir vor der Strandperle mit einem Bier in der Hand den riesigen Schiffen zusahen, die langsam an uns vorüberglitten.

Sebastian und ich hatten nach Kanada fahren wollen, nach Neuseeland, nach Schottland, einfach überall hin. Doch schon lange vor mir hatte er sich verliebt. Sie hieß Anja, ein wahres Zauberwesen, dem seitdem der Großteil seiner Aufmerksamkeit galt. Noch immer verspürte ich einen leisen Stich der Eifersucht, wenn er von ihr sprach, obwohl wir beide nie mehr als gute, vielleicht beste Freunde gewesen waren.

Als er mir die Tür öffnete, kam Samson herausgeschossen. Ich ging in die Knie und kraulte ihm das schokoladenbraune Fell hinter seinen seidenweichen Ohren. Begeistert legte er mir eine seiner dicken Pfoten aufs Knie und versuchte mein Kinn abzulecken. Sebastian lachte, versuchte jedoch nicht, seinen Hund von mir abzuhalten.

»Ich erzähle ihm seit einer Woche, dass du kommst. Er hat schon nicht mehr gefressen vor lauter Aufregung!«

Ich stand auf und umarmte ihn, dann erst nahm ich mir die Zeit, ihn genauer in Augenschein zu nehmen. Er hatte sich einen schmalen Vollbart stehen lassen und trug neuerdings eine rechteckige Brille mit schwarzer Fassung. Er sah erwachsener aus als bei unserer letzten Begegnung, aber vielleicht dachte er das gleiche vor mir, wer weiß. Es war viel passiert in dem halben Jahr.

»Gut siehst du aus.«

Ich meinte es ehrlich. Er hatte einen winzigen Bauchansatz bekommen, seitdem er den ganzen Tag in der Werbeagentur saß, doch es war nicht unattraktiv.

»Danke, gleichfalls. Dünn bist du geworden, ganz im Gegensatz zu mir!«

Er klopfte sich spielerisch auf den Bauch und versuchte erfolglos, betroffen zu erscheinen.

»Macht das die Liebe? Bei mir scheint das nicht zu funktionieren. Anja und ich sind jetzt seit einem Jahr zusammen, und ich passe nicht mal mehr in meine Hosen vom letzten Sommer.«

»Das ist normal, weißt du das nicht?«

Er ging voran ins Wohnzimmer, das seit meinem letzten Besuch vollkommen neu eingerichtet worden war. Weiß, wohin man auch blickte, so sauber und steril, dass man sich kaum traute, sich zu setzen. Blütenweiße Vorhänge, zwei weiße Ledersofas, weiße Bücherregale. Unverkennbar Anjas Geschmack. Ihren Eltern gehörte ein Einrichtungshaus der gehobenen Klasse, das ich in Anbetracht meines Geldbeutels noch nie betreten hatte.

Vorsichtig setzte ich mich auf die Kante eines Sofas.

»In den ersten Wochen nimmt man ab, weil die Hormone verrückt spielen, und nach einem halben Jahr nimmt man wieder zu, weil man nur noch bequem zu Hause auf dem Sofa hockt und futtert!« murmelte ich und betrachtete dabei interessiert die afrikanische Statuen-Sammlung, die neuerdings auf Sebastians Schreibtisch Platz gefunden hatte. Ausladende dunkelhäutige Frauen mit langen Haaren, die in kleinen Grüppchen aufgestellt waren.

Ich stand auf und nahm eine der Figuren in die Hand. Sie war schwerer, als sie aussah, dabei glatt und kühl. Vermutlich hatte sie ein Vermögen gekostet.

»Ich wusste gar nicht, dass du auf so was stehst.«

»Tue ich auch nicht«, antwortete er und zog eine Grimasse.

»Es ist ein Geschenk von Anjas Eltern, Mitbringsel aus dem letzten Kenia-Urlaub.«

»Ah!«

Ich stellte die Frau mit den hängenden Brüsten mit einem unterdrückten Grinsen wieder an ihren Platz und sah Sebastian dann in die Augen.

»Wie ernst ist es eigentlich mit euch beiden?«

»Ziemlich ernst, schätze ich. Sie ist die erste, bei der ich mir vorstellen könnte, dass wir zusammenbleiben. Kaum zu glauben, nicht?«

Ich nickte. »Doch, doch, ich glaub's dir.«

Er schwieg einen Moment, dann knuffte er mich freundschaftlich in die Seite.

»Aber jetzt erzähl mal von dir! Wer ist die Glückliche?«

Zum Mittagessen gingen wir in eines unserer ehemaligen Lieblingslokale in Altona, eine Stunde voller Erinnerungen. Sebastian ließ mir in seiner Neugier keine Ruhe. Selbst der

Sekt, den er zur Feier des Tages spendierte, bremste ihn nicht in seinen Fragen nach Miriam.

»Wie ist das für dich, dass sie ein Kind hat?«

»Gut. Ich bin ein bisschen unsicher, glaube ich.«

Natürlich war ich unsicher. Was sonst? Mehr vermochte ich noch nicht zu sagen, bevor ich Tim nicht kennengelernt hatte. Vielleicht hasste er mich, weil er seine Mutter mit mir teilen sollte; vielleicht mochte er mich, weil sie mich mochte. Beides war möglich.

»Du musst doch wissen, wie du damit umgehen willst. Ernsthaft, Elena, gerade du, die mit dem Thema Familie absolut nichts am Hut hat!«

»So weit sind wir noch lange nicht.«

Ich schwieg für einen Moment und legte mir die Hand auf den schmerzenden Nacken.

»Wir haben uns doch erst ein paarmal getroffen, aber das war so gut, dass wir uns wiedersehen wollen. Das ist alles.«

Angelegentlich beschäftigte ich mich mit dem Salat auf meinem Teller. Meine Stimme hatte barsch geklungen.

»Elena, sieh mich an.«

Ich blickte zur Seite, wich ihm aus. Sanft legte Sebastian mir eine Hand unter das Kinn und zwang mich mit leichtem Druck, ihm ins Gesicht zu sehen.

»Glaubst du das wirklich?«

Ich zuckte mit den Schultern.

»Ich kenne dich schon eine ganze Weile – mir machst du nichts vor. Du bist verliebt in sie, oder?«

Ich legte die Gabel weg und angelte mir eine Zigarette aus seiner Packung. Sebastian gab mir Feuer, schweigend, geduldig wartend. Ich nahm einen Zug, sog ihn tief in meine Lungen, blies den Rauch wieder aus und seufzte ergeben.

»Ja. Bist du jetzt zufrieden?«

Er schüttelte den Kopf.

»Darum geht es nicht. Ich will doch nur, dass du zufrieden bist. Und glaub es oder nicht: Ich wünsche dir Glück. Vielleicht ist es genau das, was du brauchst, nach allem, was geschehen ist?«

Ich sah ihn an. Er hatte sich verändert, seitdem wir zusammen zur Uni gegangen waren, doch noch immer herrschte eine große Sympathie zwischen uns. Er hatte mir gefehlt, und er würde mir auch weiterhin fehlen, egal was die Zeit brachte.

»Danke.«

Es war richtig, dass ich zurückgekommen war. Ich konnte den Erinnerungen nicht entrinnen, nirgendwo. Das Verdrängen funktionierte nicht mehr.

6

Der Weg von Altona zu Miriams Wohnung in Barmbek erschien mir endlos, doch gleichzeitig war ich froh über jede Minute Aufschub. Ich war nervös, mein Herz schlug zu schnell, und meine Finger waren kalt wie Eis. Sie hier wiederzusehen, zu ihr nach Hause zu fahren, ihrem Sohn zu begegnen, das war etwas ganz anderes, als sich in Berlin zu einem Kinobesuch zu verabreden. Ich fürchtete um den Zauber, der uns in den wenigen gemeinsamen Tagen umgeben hatte. Fernab vom Alltag war es leicht gewesen, ihn aufrechtzuerhalten, uns in Nacht und Verlangen zu hüllen. Jetzt war es heller Tag, feiner Nieselregen fiel auf die Straßen und Gehwege und sammelte sich zu Pfützen. Menschen kamen von der Arbeit, normaler Alltag um mich herum.

Das Haus, in dem sie wohnte, war aus roten Klinkersteinen erbaut. Nett, doch nichts besonderes, ein Haus wie jedes andere in dieser Straße, in diesem Teil von Hamburg. *Ich habe mehrere Jahre in ihrer Nähe gewohnt, ohne es zu wissen.* Unwirklich, diese Erkenntnis, dass Miriam ein Teil der vertrauten Stadt war. So neu waren ihr Gesicht, ihre Stimme, ihre Existenz in meinem Leben.

Ein schlichtes Türschild: M. Martens.

Sie öffnete nach dem zweiten Klingeln.

Ich sah sie an, ihre hellen Augen, ihren Mund, ihr dunkles Haar, ihren schmalen Körper. Ich sah sie, und alles war wieder da, so wie es bei unseren Telefonaten immer dagewesen war: das Verlangen, die Wärme, die Neugierde aufeinander, das gemeinsame Lachen. Sie umarmte mich und hielt mich eine Weile, und ich spürte ihren flachen Bauch an meinem, ihre Schenkel, ihre Brüste. Ich schloss die Augen und nahm ihren Geruch in mich auf, sättigte mich daran, und erst dann wagte ich es, die Augen wieder zu öffnen und über ihre Schulter zu blicken.

Er stand im Flur und sah mich regungslos an. Zwei blaue Kinderaugen, blau wie ihre eigenen, von Unsicherheit erfüllt.

»Hallo«, sagte ich. Der Junge mit den blauen Augen sagte nichts. Er drückte sich verschüchtert an Miriams Bein. Ich probierte es noch einmal, ging diesmal in die Knie, bis ich auf Augenhöhe mit ihm war.

»Hallo, Tim. Ich bin Elena.«

Er lächelte zaghaft, einen Moment nur, dann blickte er zu seiner Mutter hoch, als wollte er herausfinden, ob er einen Fehler gemacht hatte. Sie lächelte ihn an, dann mich.

Verlegen stand ich im Flur. Ich kam mir unbeholfen vor und wusste nicht recht weiter. Stumm betrachtete ich ihn, sein Gesicht, sein verstrubbeltes dunkelblondes Haar. Ich erkannte Miriam in ihm wieder, ihre Nase, ihr Lächeln. Er war unverkennbar ihr Sohn.

Wir tranken einen Kaffee in der Küche, Tim holte sein Malbuch und seine Buntstifte. Von Zeit zu Zeit blickte er verstohlen zu mir herüber. Ich schaute zurück und lächelte, schwieg aber, weil mir die richtigen Worte fehlten. Wie sprach man mit einem vierjährigen Kind, ohne albern zu wirken? Zwischen Miriam und mir war innerhalb weniger Minuten eine unverkennbare Distanz, obwohl sie ihre Hand kurz auf meine legte und sie drückte. Die Gesprächsthemen waren plötzlich eingeschränkt, Tim hörte aufmerksam zu.

Bis zu diesem Augenblick hatte ich mir Miriam nicht als Mutter vorstellen können. In Berlin hatte sie so nachdenklich gewirkt, so in sich gekehrt, so mit sich beschäftigt – jetzt war davon nichts mehr zu spüren. Sie war fortwährend auf Tim bezogen, und obwohl ich wusste, dass es lächerlich war, verspürte ich leise Eifersucht.

Dabei war es keineswegs so, dass sie sich nicht freute, mich zu sehen. Sie litt offensichtlich unter meiner Zurückhaltung, darunter, dass ich schwieg, beobachtete, abwartete, Abstand hielt. Ich war unsicher, ob ich sie vor ihm berühren durfte, wo er mich gerade zum ersten Mal sah. Ich vermied es, ihr zu nahe zu kommen, um ihn nicht zu verunsichern. Wäre ich in seiner Lage gewesen, wäre es mir ähnlich gegangen – ich wäre genauso zurückhaltend gewesen. Es genügte völlig, dass eine fremde Frau in ihrer Küche saß.

Tims Gegenwart veränderte alles, auch zwischen Miriam und mir, selbst wenn sie es vielleicht nicht wahrhaben wollte. Er war süß und aufgeweckt, es machte Spaß, ihn zu beobachten. Ich war auf einmal neugierig auf dieses Leben mit ihm, und gleichzeitig schien mir die Verantwortung schier erdrückend. Und bereits jetzt verflog der Zauber, der uns umgeben hatte, zwischen Buntstiften, Malbüchern und Teddybären.

Ich sah mich selbst mit ihm am Tisch sitzend: als eine Fremde mit einem fremden Kind, das zu der Frau gehörte, in die ich mich verliebt hatte, an die ich Tag und Nacht dachte, von deren Händen ich ohne Unterlass träumte. Wie sollte ich das je zusammenbekommen? Wie passte das zu meinem Leben, meinem Alltag in Berlin, den ich mittlerweile liebgewonnen hatte?

Ich wollte nicht schon wieder umziehen müssen. Eine Fernbeziehung also, ein oder zwei Wochenenden im Monat, euphorische Begrüßung, hastiger, viel zu rasch folgender Abschied und dazwischen, mitten in diesem Gefühlschaos, dieses Kind ... Durfte ich ihm das antun, durfte ich ihr und mir das antun?

Und gleichzeitig war dieses warme, gute Gefühl in meiner Brust. Es war einfach da, während ich mit ihnen in der Küche saß, die Hände um einen Becher Kaffee gelegt. Im Hintergrund *Buena Vista Social Club*, allmähliches Ankommen, Entspannung. Ich sah mich um, ließ den Blick durch den kleinen Raum schweifen, helle, freundliche Holzmöbel, die Wände in einem warmen Sonnengelb gestrichen. Überall Bilder, Fotos, Bücher, Zeitschriften, dazwischen Kinderspielzeug, Malbücher, ein gemütliches Chaos, ein Zuhause im Gegensatz zu meiner eigenen Wohnung.

Tims Stimme riss mich aus meinen Gedanken.

»Kommst du mit uns auf den Spielplatz?«

Seine blauen Augen groß, gespannt.

»Ja, sicher.«

Im Flur legte sie mir die Hand auf den Rücken und flüsterte in mein Haar: »Was denkst du? Über ihn, meine ich?«

Ich sah sie an, die gleiche gespannte Erwartung in ihren Augen wie einen Moment zuvor in seinen. Unwillkürlich musste ich lachen.

»Er sieht aus wie du!«

Schnell fuhr ich mit dem Daumen die Konturen ihres Gesichtes nach; große Zärtlichkeit stieg in mir hoch.

»Ich weiß. Das sagen viele.«

Wir beobachteten ihn gemeinsam, wie er sich abmühte, sich allein die Schuhe anzuziehen. Konzentriert betrachtete er seine Füße, die halb in den Schuhen feststeckten; er hatte die Klettverschlüsse nicht geöffnet. Doch als Miriam sich hinabbeugte, um ihm zu helfen, fing er an zu schreien wie am Spieß.

»Ich mach das allein!«

»Okay, okay.«

Beschwichtigend hob sie die Hände und wandte sich mir augenzwinkernd zu.

»Das blonde Haar hat er übrigens von seinem Vater.«

Ich nickte und blickte zu Boden. Dieser Mann – er war für immer ein Teil von ihr. Wo Tim hinging, war auch er. Ich schwieg, dann sah ich die Angst in ihren Augen, die Unsicherheit.

»Aber den starken Willen hat er von dir!«

Sie lächelte und berührte für eine winzige Sekunde meine Fingerspitzen. Ich wusste, ich hatte endlich das Richtige gesagt.

Den Rest des Tages verbrachten wir auf dem Spielplatz – zwischen Schaukel und Sandkasten. Ich hatte sehr wenig von Miriam, dafür sehr viel Kindergeschrei, ausgelassenes Toben und Schreien und Lachen. Als Tim herausgefunden hatte, dass ich zeichnen konnte, ließ er mir keine Ruhe mehr. Im

Sand entstanden Märchenwelten, die er aus seinen Büchern kannte, und er wusste sehr genau, was er wollte. Mit strengem Blick musterte er Hexen und Gespenster, bis sie seiner Vorstellung entsprachen und er zufrieden war. Einmal sah ich auf, nachdem wir uns eine Ewigkeit zusammen über den Sand gebeugt hatten, und sah Miriams Blick auf uns ruhen; in ihren Zügen lag etwas Fremdes, seltsam Berührtes. Die Zweifel waren ausgeschaltet. Zumindest für den Augenblick.

Erst mit der Müdigkeit kam die Sehnsucht nach ihr zurück. Ich setzte mich neben sie und lehnte meinen Kopf an ihre Schulter, schloss die Augen. Sie strich mir vorsichtig über das Haar. Dann stand sie auf, um Tim auf die Schaukel zu heben. Ich fühlte mich einsam. Da war kein Begehren gewesen, als ich ihre Nähe gesucht hatte, nichts als die Sehnsucht nach einem Moment an ihrer Seite.

Die Freude, mit der ich zu ihr gefahren war, löste sich auf im Grau des Nachmittags. Ich zog mich zurück; die Entfernung zwischen ihr und mir wuchs. Ich verspürte Sehnsucht nach meinem alten Hamburger Leben, Sehnsucht nach einem Stadtbummel, einem Milchkaffee in einem netten Café, einem guter Film. Anschließend ein Glas Wein, die Müdigkeit zulassen, endlich ins Bett fallen, noch ein bisschen lesen, weil man wusste, dass einen am nächsten Morgen niemand wecken würde ...

»Alles okay?« flüsterte sie.

Ich hatte den Blick auf meine Fußspitzen gesenkt und Miriam nicht kommen sehen. Ich nickte, stumm. Die Neugierde auf ihn war nach drei Stunden fürs erste gestillt. Verantwortung, plötzlich mehr als ein abstrakter Begriff, ersetzte meine hochfliegenden Erwartungen. Absturz aus rosaroten Träumen. Fluchtgedanken.

Unser erster gemeinsamer Abend in Hamburg: ein schier endloses Zu-Bett-Gehen-Ritual für Tim, obwohl uns selbst die Erschöpfung in den Gliedern saß. Baden, Haarewaschen unter Protestgeschrei, Sandmännchen, Abendbrot, Gute-Nacht-Geschichte, Einschlaflied, mehrmaliges Rufen wegen Durst, Angst, Fragen, die der Tag unbeantwortet gelassen hatte.

»Mama, ist Elena morgen auch noch da?«

»Ja, sie kommt morgen zum Frühstück. Freust du dich?«

Seine Antwort konnte ich nicht mehr hören, ich hatte mich an den Küchentisch gesetzt und starrte blind auf die Teekanne vor mir. Leere im Kopf nach diesem langen Tag, die Gefühle auf Sparflamme heruntergefahren.

Miriam kam zu mir in die Küche und legte mir eine Hand auf die Schulter.

»Ich gehe rasch duschen. Kommst du zurecht?«

»Ja, sicher.«

»Schaust du bitte nach ihm, wenn er weint?«

»Ja.«

Warum ging sie nicht einfach? Ich hoffte, dass er nicht weinen würde.

Als ich das Wasserrauschen aus dem Bad am Ende des Flurs hörte, stand ich auf, um ihre restliche Wohnung in Augenschein zu nehmen. Allein, ohne ihre beobachtenden Blicke, ohne ein »Und – wie findest du es?« auf ihren Lippen. Ich allein mit ihren Erinnerungen, den Dingen, die sie Tag für Tag umgaben, die ihr wichtig waren, ihr Leben. Ein Versuch, sie zu begreifen.

Das Wohnzimmer im gleichen Stil wie die Küche, hell und freundlich, Kinderfotos und Grünpflanzen zwischen Büchern, Bildern und einer Stereoanlage. Ich strich mit den Fingerspitzen vorsichtig über einen Stapel CDs, Soul hauptsächlich, Salsa, keine Klassik. Ich ging weiter in den Flur.

Als ich ihr Schlafzimmer betrat, gelangte ich in eine andere Welt. Weiße Wände, die einzigen Möbelstücke ein schwarzer Futon und ein dazu passender hoher Kleiderschrank. Das Bemerkenswerte jedoch waren die Fotos: Jeder freie Fleck war bedeckt von Schwarzweißbildern, jedes einzelne zeigte Tänzerinnen und Tänzer. Bei Aufführungen, beim Training, hinter der Bühne, beim Aufwärmen, im Sprung, lächelnd vor applaudierendem Publikum, dazwischen Ausschnitte aus amerikanischen Zeitungen, mit Stecknadeln an die Tapete gepinnt.

Ich trat näher heran, und da erkannte ich sie auf einigen Fotos, die jüngere, noch dünnere Miriam, die ich erstmals auf dem Video gesehen hatte. Vielleicht zwanzig Jahre alt, die Haare streng zurückgenommen, der Gesichtsausdruck konzentriert trotz des Lächelns, an ihrer Seite ein bekannter russischer Tänzer. Daneben, winzig klein, ein Artikel aus dem Jahr 1998. Die Überschrift lautete: »Solistin verlässt überraschend NYCB«.

Ich trat noch einen Schritt näher, um den Text darunter lesen zu können. Er war kurz und verriet nichts weiter, als dass die talentierte junge Miriam Martens aus Deutschland unerwartet die Compagnie verlassen hatte, nachdem sie wenige Tage zuvor die Hauptrolle in Georg Balanchines *Theme and Variations* getanzt hatte, ein überwältigender Erfolg. Über die Gründe, so der Artikel, habe die Pressestelle nichts verlauten lassen.

Ich starrte auf die kurze Nachricht und las sie erneut, dann noch einmal. Ich brauchte über den Grund für Miriams Ausscheiden nicht zu spekulieren – Tim war noch im selben Jahr geboren worden. Jetzt endlich verstand ich. Ihre stille Ernsthaftigkeit, ihr Misstrauen, das an dem Abend von Renées Party zu der mir erteilten Abfuhr geführt hatte, die leise Trauer, die sich manchmal in ihren Blick stahl, wenn sie sich unbeobachtet glaubte. Ein Kind, statt der von allen erwarteten Karriere, Mutterschaft anstelle der Verwirklichung ihres Talents, ihres Traumes, für den sie hart gearbeitet hatte.

Ich war bis dahin davon ausgegangen, dass Tim ein Wunschkind gewesen war, auch wenn es mir ungewöhnlich schien, als Tänzerin so früh schwanger zu werden und das Ballett zu verlassen, in der absoluten Gewissheit, dass eine Rückkehr unmöglich sein würde. Ich wusste, dass schon wenige Wochen krankheitsbedingtes Pausieren eine Katastrophe bedeuten konnte. Und dann gar eine Schwangerschaft, gefolgt von mehreren Monaten Babypause? Selbst wenn sie den Trainingsrückstand hätte aufholen können – ihr Sohn hätte einen Vater gebraucht, der sich intensiv um ihn kümmerte und ihr während der stundenlangen Proben und abendlichen Aufführungen den Rücken freihielt. Nein, Miriam hatte offensichtlich nicht die Möglichkeit gesehen, zum Ballett zurückzukehren. Die einzige Wahl, die sie gehabt hatte, hatte darin bestanden, sich für oder gegen das Kind zu entscheiden.

Ich fragte mich, wie sie sich gefühlt hatte an jenem Tag in New York, als sie das Ergebnis des Schwangerschaftstests erfahren hatte. Ich wusste so wenig über ihre Vergangenheit, so wenig über den Mann, der damals eine entscheidende Rolle gespielt hatte. Er war Anwalt, und sie hatte ihn bei einem ihrer sporadischen Deutschlandaufenthalte kennengelernt, soviel hatte sie mir erzählt, zögernd, mit langen Pausen am Telefon, knapp dreihundert Kilometer voneinander entfernt, während die Nacht langsam in die Winkel meiner Wohnung gekrochen war. Ich hatte das Licht nicht anmachen mögen, hatte die Intensität des Augenblicks gewollt, wollte allein sein mit ihrer Stimme, ihren Worten, die langsam in meine Gedanken eindrangen, Puzzleteile, die sich allmählich zu einem Bild von ihr zusammenfügten.

Er war ihr nach Amerika gefolgt, hatte sie regelmäßig besucht, über Monate hinweg, hatte sie hartnäckig umworben, und sie, die sich damals in einer Phase ihrer Karriere befand, in der sie das Gefühl hatte zu stagnieren, und immer öfter allein in ihrem Apartment saß und über den Sinn ihrer Arbeit grübelte, hatte schließlich nachgegeben. Zu verlockend die Aussicht auf das Leben, zu schmeichelnd seine Komplimente. Für eine Weile hatte sie sich wieder einzigartig gefühlt, begehrt, hatte den Zauber empfunden. Und genau das hatte dafür gesorgt, dass sie ihn auch auf der Bühne wiederfand. Auf einmal tanzte sie wieder, wie sie es zu Beginn ihrer Karriere getan hatte, mit Leidenschaft und einer ungeheuren Kraft, und dann kam sie, die Chance, auf die sie so lange gewartet hatte: die Hauptrolle in *Theme and Variations*. Zwar nur als Zweitbesetzung, doch das Wunder geschah, und die Erstbesetzung brach sich eine Woche vor der Premiere den Knöchel. Miriam tanzte wie noch nie in ihrem Leben. Sie wusste es bereits zu diesem Zeitpunkt. Sie betrat die Bühne und tanzte ein letztes Mal, und dann sagte sie dem NYCB und New York Lebewohl, ohne jemandem den Grund zu nennen, und kehrte nach Deutschland zurück.

Die Tür des Badezimmers fiel ins Schloss, und ich hörte leise Schritte auf dem Flur. Sollte ich mich aus dem Schlafzimmer stehlen und so tun, als hätte ich nichts gesehen? Nein. Unmöglich, dieses Wissen in Zukunft zu verschweigen. Jedes einzelne Bild hier, jeder Artikel ein Teil von ihr und nun auch von meinen Gedanken.

Als sie hereinkam, in einen weißen Bademantel gehüllt, erblickte sie mich sofort. Sie erstarrte, doch nur für eine Sekunde, dann ging sie zum Futon hinüber, setzte sich und barg ihr gerötetes Gesicht in den Händen.

»Irgendwann musstest du ja davon erfahren«, murmelte sie zwischen ihren Fingern hindurch.

»Es tut mir leid, dass ich hier einfach so eingedrungen bin, ohne zu fragen.«

»Ist schon okay.«

Ich setzte mich neben sie, berührte sie jedoch nicht. Ich hatte das Gefühl, dass sie den körperlichen Abstand brauchte, um damit zurechtzukommen, dass ich ihr auf einer anderen Ebene zu nahe getreten war.

»Tim war nicht geplant, oder?«

»Nein, war er nicht. Nicht einmal sein Vater war geplant.«

Sie weinte, auf eine sehr stille, in sich gekehrte Art, die keine tröstende Umarmung erlaubte.

»Seit ich neun Jahre alt war, habe ich davon geträumt, Tänzerin zu werden. Bis dahin war es nur etwas, das meine Mutter wollte, weil ich so ein blasses und schmächtiges Ding war. Ich wurde die Beste aus meiner Klasse, aber es bedeutete mir nichts. Dann kam die Aufnahmeprüfung bei John Neumeier, und alles veränderte sich. Ich war plötzlich eine unter vielen, und alle waren größer und talentierter und schöner als ich. Damals habe ich zum ersten Mal gespürt, was Ehrgeiz bedeutet. Ich wollte es, unbedingt. Sie haben schwierige Sprünge verlangt, die ich als einzige beherrschte, und tatsächlich haben sie mich auserwählt – mich, und keine andere. Und so ging es eine ganze Weile weiter.«

Sie stand auf und ging zum Fenster, sah gedankenverloren hinaus. Dann wandte sie sich um und starrte auf die Fotos. Sie riss eines von ihnen von der Wand und hielt es mir hin. Ein sehr junges Mädchen in einem dunklen Ballettrikot an der

Stange, mit sehr traurigen Augen und konzentriertem Gesichtsausdruck, ein Bein nach hinten bis zum Kopf gebogen. Erschöpfung, Kontrolle, Anmut vereint.

»Nach einem halben Jahr kam dann der Anruf. Sie sagten meiner Mutter, dass sie sich getäuscht hätten – dass ich es wahrscheinlich nicht schaffen würde, dass ich nicht gut genug war.«

Sie weinte nicht mehr, sie presste die Lippen so fest aufeinander, dass sie weiß wurden.

»Von dem Tag an habe ich gekämpft. Ich habe getanzt, und schließlich war ich die einzige aus meiner Klasse, die übriggeblieben ist. Die Einladung nach New York kam an meinem achtzehnten Geburtstag. Ich wusste einfach, das ist es. Ich dachte, ich hätte es geschafft.«

Zornig pflückte sie weitere Fotos von der Wand. Nadeln sprangen auf den Boden und rollten davon, doch sie machte sich nicht die Mühe, sie aufzulesen.

»Hast du eine Vorstellung, wie das ist, mit zweiundzwanzig schwanger zu werden, wenn du denkst, deine Karriere hat gerade erst begonnen? Und hast du eine Ahnung, wie es ist, eine Entscheidung zu treffen zwischen dem, was du am liebsten tust, und deinem künftigen Kind?«

»Nein.« Meine Stimme klang heiser. »Nein, ich weiß es nicht, und ich werde es nie wissen. Aber ich kann mir vorstellen, was du durchgemacht hast. Ich kann mir vorstellen, was ich empfinden würde, wenn mich jemand vor die Wahl stellte.«

Sie ließ die Hände sinken und betrachtete sie, als wären sie ihr vollkommen fremd.

»Manchmal wünsche ich mir, ich hätte mich anders entschieden und das Tanzen nicht aufgegeben. Nicht für ein Kind von diesem Kerl, der sich schon ein halbes Jahr später aus dem Staub gemacht hat.«

Sie lachte bitter.

»Und weißt du was? Ich hasse mich dafür.«

Ihre Stimme war leiser geworden, bis sie schließlich verstummte. Ihr Zorn schien aufgebraucht, da war nichts als Traurigkeit in ihrer Haltung, ihrem Gesicht.

Ich stand auf, um zu ihr zu gehen, doch sie trat einen Schritt zurück, als hätte sie Angst vor mir und dem, was ich nun wusste. Ihre Augen wirkten riesig in ihrem blassen Gesicht.

»Bitte geh jetzt.«

»Was?«

»Es tut mir leid, Elena, aber ich möchte jetzt allein sein. Dies hier hat nichts mit dir zu tun.«

Es war, als ob sie mich geschlagen hätte, als ob ein Ring aus Eis sich um mein Herz legte. Das Mitgefühl, die Zuneigung, sie brachen in sich zusammen und ließ nichts als Kälte zurück. Eben noch hatte ich mich ihr so nahe gefühlt – und wieder stieß sie mich zurück.

Tim begann in seinem Zimmer am anderen Ende des Ganges zu weinen, und Miriam erwachte aus ihrem Trancezustand. Sie fuhr sich mit den Händen über das Gesicht, dann straffte sie die Schultern und machte sich entschlossen auf den Weg zu ihm.

Ich blieb allein im Raum, das Foto noch immer in der Hand. Behutsam legte ich es auf den Futon, holte meine Sachen aus der Küche, zog die Wohnungstür leise hinter mir ins Schloss und ging. Das letzte, was ich hörte, war ihre Stimme; sie sang ein Lied.

In meiner Kehle brannte es. Ich schluckte die Enttäuschung hinunter, mitsamt den Tränen.

7

Es war noch nicht einmal acht Uhr, als ich in der S-Bahn nach Altona saß. Ein noch junger Abend voller Enttäuschung, die Aussicht auf eine traurige Nacht. Die Vorstellung, Stunde um Stunde allein in Sebastians Wohnung auf den Schlaf zu warten, während Miriam gedankenverloren ihren Erinnerungen nachhing und mich davon ausschloss, war wenig verlockend. Anja und Sebastian waren bei Freunden zum Abendessen eingeladen und würden sicher erst nach Mitternacht zurückkommen. Wäre er dagewesen, hätten wir vielleicht zu unserer früheren Unbeschwertheit zurückgefunden und mir wäre die Situation eher erträglich gewesen: ein Abend in seiner Küche, eine Flasche Wein, Musik im Hintergrund, die wir während unserer gemeinsamen Studienzeit so oft gehört hatten, dass wir mitsingen konnten, zwei Zigaretten oder auch drei, geteilter Schmerz, der sich letztendlich beinahe in ein Glücksgefühl aufzulösen vermochte, einfach durch die Tatsache, dass wir beisammen waren ... Es schien eine Ewigkeit her zu sein. Jetzt gab es Anja, die seine ganze Zeit in Anspruch nahm. Liebe statt Freundschaft, Seriosität statt verrückter Träume. Seine keimfreie Wohnung nahm mir den Atem. Nur Samson war noch geblieben.

Ich fuhr mit dem Bus zu Sebastians Wohnung und holte mir den begeisterten Labrador zur Gesellschaft. Genau das Richtige für den Blues in meinen Gedanken – ein ausgedehnter Spaziergang am Elbstrand. Der nasse Sand schwer unter meinen Schuhen, der Himmel bleigrau, feiner Nieselregen legte sich auf mein Haar. Samson lief begeistert vorneweg, sprang von Zeit zu Zeit in die Wellen und ließ mir im wesentlichen meine Ruhe. Ein Containerschiff aus China fuhr an uns vorbei, riesengroß, es schien mir viel zu schwer für diesen Fluss, und dennoch trug er es. Sonnenaufgänge zwischen Treibholz und Kransilhouetten kamen mir in den Sinn – wann war das gewesen? Vor Olivers Tod gewiss, zu Anfang meines Kunststudiums.

Als wir in Sebastians Wohnung zurückkehrten – Samson allerdings nicht halb so erschöpft wie ich –, war es immer noch zu früh, um ins Bett zu gehen. Einen Moment überlegte ich, ob ich Miriam anrufen sollte, dann verwarf ich den Gedanken wieder. Zu verletzt war ich, zu enttäuscht, nachdem sich die Nähe zwischen uns als Illusion herausgestellt hatte. Ich ertrug es nicht, an diesem Abend allein zu sein, zu melancholisch war ich nach dem Absturz aus der Wiedersehensfreude am Morgen, der Euphorie.

Mitsamt einem glücklich hechelnden Samson fuhr ich in die Innenstadt und ging in ein Szenecafé, das ich früher oft aufgesucht hatte, und setzte mich an die Bar. Selbst mit Renée war ich einmal dort gewesen, an dem Wochenende, an dem wir uns kennengelernt hatten. Wir hatten in der Ecke am Fenster zusammengesessen, uns an unseren Gläsern festgehalten, hungrig auf den Körper der anderen, bemüht, wenigstens den Anschein von Konversation zu wahren. Geflüsterte Worte in erwartungsvolle Ohren, wie beiläufige Berührungen über den Cocktails, Gänsehaut durch den Klang ihrer Stimme. Die Erinnerung machte mich traurig. Ich wusste, dass unsere Zeit unwiederbringlich vorbei war. Ich hatte es schon lange gewusst und doch lange nicht wahrhaben wollen.

Ich versuchte den Erinnerungen an Renée zu entkommen und sah mich in dem kleinen Café um. Mein letzter Besuch lag etliche Monate zurück; vieles hatte sich verändert. Die Wände hatten einen neuen Anstrich in einem kräftigen Orangeton bekommen, und auch die Bilder waren ausgewechselt worden. Moderne Kunst anstelle vertrauter Hamburg-Ansichten, und selbst die Kellnerin war mir unbekannt. Ein hartes Gesicht, verschlossene Züge, ein misstrauischer Blick auf den friedlichen Hund zu meinen Füßen.

»Ja?«

Sie rang sich kein »Bitte« für mich ab.

»Ich hätte gerne ein Glas Rotwein.«

Sie nickte flüchtig, ohne die Spur eines Lächelns, und verschwand in der Küche. Meine ohnehin bleigrauen Gedanken wurden noch düsterer. Plötzlich wurde mir bewusst, wie eingeengt ich mich den ganzen Tag über gefühlt hatte. Ein einziger Tag nur, gestaltet rings um die verständlichen Wünsche und Bedürfnisse eines Kindes, und ich hatte bereits das Gefühl, keine Luft mehr zu bekommen und meiner Freiheit vollständig beraubt zu sein. Vorbildfunktion, jedes Wort und jede Tat mit wachen Augen beobachtet, erdrückend. Wollte ich dies als meine Zukunftsperspektive? War ich stark genug dafür? Wie groß war die Chance für unsere Beziehung, wenn Tim immer da war, immer Vorrang vor unseren Wünschen hatte? Ließ sich die Liebe auf die kurzen Abendstunden beschränken? Erstickte sie mit der Zeit zwischen Märchenbüchern, Buntstiften und Sandkasten? Ich wusste es nicht. Ich wusste nur um die Beklemmung, die ich seit einigen Stunden in mir trug. Ich wollte Miriam nicht verlieren.

Die Bedienung lächelte auch nicht, als ich das zweite und schließlich das dritte Glas Wein bestellte. Ich spürte den Alkohol schwer in meinen Gedanken, in meinen Gliedern, doch es war mir gleichgültig. Rauschzustand, schwerelos sein, das Denken ausgeschaltet, dort wollte ich hin.

»Hey, deine Laune ist nicht gerade die beste, was?«

Die Worte drangen nur langsam zu mir vor, zu überrascht war ich, angesprochen zu werden, zu sehr mit mir selbst beschäftigt. Ich sah auf und betrachtete die Frau, die vor mir stand. Sie war nicht mein Typ, aber sie war hübsch, auf eine androgyne, geheimnisvolle Art.

Sie trug ihr schwarzes Haar sehr kurzgeschoren, doch ihr Gesicht war so schön und feminin, ihre Lippen so rot, dass ich meinen Blick nicht von ihr lösen mochte. Ein unergründlicher, freundlich-interessierter Blick aus grasgrünen Augen. In den Ohrläppchen trug sie winzige silberne Halbmonde. Ihre Stimme war tief und melodisch, und sie hatte einen leichten irischen Akzent. Ich erkannte ihn auf Anhieb; ich war einige Wochen in Irland gewesen, bevor ich mein Studium begann.

Lange Tage an der rauhen Küste, vom Wind zerzaust, beglückt über jede Burgruine, die ich entdeckte, jeden keltischen Friedhof, einsam und doch nicht allein in dieser herben Landschaft, die voller Geschichten und Märchen steckte. Etwas davon war in meinem Herzen hängengeblieben, und ich fand es wieder, genau in jenem Moment, als Shiona zu sprechen begann. Sie berührte mich auf einer tieferen Ebene der Sehnsucht; sie war einfach da, genau im richtigen Augenblick, stoppte meinen freien Fall in die Melancholie, nahm mich mit zurück in jene Zeit.

All das war keine Entschuldigung, und ich ahnte es, selbst durch meine weinschweren Gedanken hindurch. Doch ich wollte es. Meine Sehnsucht der vergangenen Wochen, die Sehnsucht nach Miriam, sie war noch immer da, doch die Enttäuschung über den Ausgang des Tages schwächte sie ab. Es wäre so leicht, sich fallenzulassen, es einfach geschehen zu lassen, ohne Gedanken an das Morgen. Die Verantwortung gälte einzig mir und meinem Körper; ganz einfach sein und handeln, wie die Lust es diktierte. Von Liebe keine Rede, von den Mühen einer Beziehung ... Purer Sex, Höhenflug der Sinne ... Am nächsten Morgen das schale Gefühl, das sich niemals ignorieren ließ. Neben einem fremden Gesicht aufzuwachen und sich zu fragen, wer sie war. Leere im Kopf. Lust, die im hellen Tageslicht keinen Bestand hatte. Kleine Fluchten aus dem Alltag, von deren Funken man zehrte und die einen gleichzeitig aushöhlten. Keine Gewissheit, gehalten zu werden über den Augenblick hinaus. Der nächste Abend allein in der Küche, die Einsamkeit größer als zuvor, schärfer konturiert durch die vergangene Nacht, durch die Illusion von Nähe.

Nur ein Gespräch, ein gutes, tröstliches Gespräch, redete ich mir ein, geteilte Einsamkeit an der Bar, und dann zurück, zurück in mein leeres Bett bei Sebastian.

Shiona lächelte und deutete auf Samson, der neben meinem Barhocker lag.

»Gehört der dir?«

»Nein, leider nicht – er ist nur geliehen, sozusagen.«

Sie nickte und zog mit einer Hingabe an ihrer Zigarette, die eine Gänsehaut auf meinem Nacken erzeugte. Kleine pulsierende Wellen wanderten über meinen Rücken, meine Haut. Ich beobachtete, wie sie den Rauch inhalierte und ihn zur Seite wieder ausatmete, weg von meinem Gesicht.

»Darf ich auch eine?«

Fragend blickte ich auf die Schachtel neben ihrem Glas. Sie schob sie wortlos zu mir herüber. Für den Bruchteil einer Sekunde berührten sich unsere Zeigefinger. Ich starrte sie an, doch sie lächelte unschuldig, als hätte sie nichts bemerkt.

»Ich habe auch zwei Hunde, daheim in Clifden.«

»Das ist in Connemara, oder?«

Sie musterte mich mit hochgezogenen Augenbrauen, mildes Erstaunen, Achtung in ihrer Stimme, als sie erwiderte: »Es ist selten, dass jemand die Gegend kennt.«

»Ich war vor einigen Jahren dort. Beinahe wäre ich hängengeblieben.«

Jetzt lächelte sie, ein offenes, warmes Lächeln.

»Was machst du hier in Hamburg?« fragte ich sie.

Die Bedienung stellte neue Gläser vor uns hin. Für einen Augenblick verharrte sie und starrte Shiona an, doch als diese ihren Blick erwiderte, errötete sie und verschwand hastig in der Küche. *Wow*, dachte ich, *wer hätte das gedacht*?

»Ich bin Folksängerin.«

Es passte, es war perfekt. Ihre tiefe, rauchige Stimme, ihre Ausstrahlung, und diese wahnsinnigen Augen dazu. Frauen wie sie konnten gar nichts anderes tun als Nacht für Nacht durch die Pubs ziehen, die Melancholie und die Intensität dieser Musik lag ihnen im Blut. Ich sah sie am Mikrofon stehen, als hätte ich sie bereits tausendmal erlebt.

»Und du – was machst du?«

»Ich bin Zeichnerin.«

Die Uhr über der Theke zeigte mittlerweile zwanzig nach elf. Nur der hartnäckige Kern hielt sich noch, eingehüllt in Rauchschwaden und hitzige Diskussionen auf der einen, geflüsterte Liebesbeteuerungen auf der anderen Seite. Eine Atmosphäre, wie gemacht, sich zu verlieren, aufgeladen und intim.

»Trinkst du einen Baileys mit mir?« fragte Shiona und legte wie beiläufig ihre Hand auf meine. Ich zog meine nicht zurück; ich genoss ihre Wärme, ließ ihre Erzählung von der Tournee, auf der sie sich gerade befand, an mir vorüberplätschern, träge, trunken und hellwach zugleich, hungrig. Ein Hunger, wie ich ihn bei Renée zuletzt verspürt hatte, Sehnsucht fernab von Liebe und Gedanken an die Zukunft. Sinnlichkeit in ihren Bewegungen, in ihrem knallroten Mund, der Art, wie sie rauchte. *Es war unmöglich, sie nicht zu begehren.*

Sie war klein, doch schlank, und sie trug robuste Kleidung, Stiefel, Jeans, ein ausgewaschenes T-Shirt, ein Lederband mit einer Kauri-Muschel aus Neuseeland um den Hals.

»Ich habe für heute nacht ein Zimmer im Hotel nebenan«, sagten ihre roten Lippen, und ich starrte sie an und nickte.

»Ja.«

Nichts weiter, alles war gesagt mit diesem einen Wort, keine Chance mehr für die Vernunft, besseres Wissen. Und dem Gewissen war der Boden entzogen.

Wir zahlten und verließen das Café, gingen die wenigen Meter zum Hotel hinüber, Samson trottete hinter uns her. Für eine Sekunde wunderte es mich, wie dunkel es war, Nacht, ein schwarzer Himmel, sternenleer. Die vorbeifahrenden Autos seltsam unwirklich nach der schützenden Hülle des Lokals hinter uns.

Die Frau an der Rezeption sah kurz hoch und lächelte, als wir vorbeigingen, dann widmete sie sich wieder ihrer Zeitung. Eine knarrende Holztreppe, helles Licht auf dem Flur, das meinen Augen weh tat. Sie wollten nichts als ihren Mund, ihr Gesicht im Kerzenlicht. Ich ging hinter ihr, doch ich berührte sie nicht. Erwartung, Hinauszögern des Augenblicks, zu spüren, wie das Begehren wuchs, all das war gut und vertraut. Keine Nähe, kein Nachdenken, nur ihr Körper und meiner in der Dunkelheit.

Shiona machte kein Licht in dem kleinen Zimmer. Durch die geöffneten Vorhänge fiel von den Straßenlaternen ein warmer Schimmer in den Raum, und er reichte vollkommen, um zu sehen, was wir sehen wollten. Sie drehte sich zu mir um und zog sich aus, dabei bedeutete sie mir, stehenzubleiben. Ich sah ihr zu, wie sie nacheinander ihre Jeans, ihr T-Shirt, ihre Unterwäsche abstreifte, lautlos und schnell, nur unser Atem war zu hören. Als sie nackt war, trat sie zu mir. Ihr Körper war fremd, ihre Hände waren fremd, als sie begann, mich aus meinen Kleidern zu schälen. Ihre Lippen auf meinen Brüsten, ihre Finger auf meinem nackten Bauch, sicher und zielstrebig. Wir sanken auf das Bett. Keine Fragen, keine Antworten. Mit geschlossenen Augen, aneinandergeschmiegt, rasch, schnell und heftig, kamen wir kurz nacheinander, danach schlief sie in meinem Arm ein. Ich betrachtete sie, dem Schlaf so entrückt wie noch nie.

Mein Atem fand langsam zurück in seinen steten Rhythmus, mein Herzschlag kehrte in seine regelmäßigen Bahnen zurück. Ihre geschlossenen Augen mit den dunklen Wimpern sahen so friedlich aus; es fiel mir schwer, es zu bereuen. Ich würde Shiona nie wiedersehen, das hatte ich von Anfang an gewusst, und sie ebenfalls. Wäre ich an diesem Abend nicht in das Café gegangen, so wäre ich ihr nie begegnet, und diese Vorstellung tat weh. Sie war sie; sie war kein Ersatz für Miriam, diente keineswegs der Aufwertung meines angekratzten Selbstwertgefühls. Durch ihre irische Herkunft war sie ein Teil meiner Vergangenheit, ein Teil meiner Träume, die ich damals gehegt hatte und die mir abhanden gekommen waren. Gleichzeitig war es ein Abschied. Während ihr Körper noch heiß war von meinen Berührungen, begriff ich, dass dies das letzte Mal gewesen war, ein letzter schneller Rausch, ein letzter One-Night-Stand. Egal, was sich zwischen mir und Miriam weiter entwickeln würde, meine Zeit derartiger Begegnungen war endgültig vorbei. Ich hatte einmal mit einer Frau geschlafen, in die ich verliebt war, und es bedeutete so unendlich viel mehr als das hier. Eine Rückkehr war unmöglich.

Ich musste irgendwann doch eingeschlafen sein, denn ich erwachte davon, dass sie mit ihrem Zeigefinger meine Schläfe entlangfuhr. Sie drehte sich auf die Seite, stützte sich auf ihren Ellenbogen, sah mich an und summte leise eine Melodie, ohne Worte. Ich lächelte.

»Das ist schön.«

Sie nickte, nach einer Weile brach sie ab.

»Ich wünsche dir Glück, Elena.«

Ich küsste ihre Fingerspitzen; kurz darauf schlief sie erneut ein, ihr Kopf auf meiner Brust. Ihr kurzes Haar, vor nicht allzu langer Zeit geschoren, kratzte auf meiner Haut, doch ich schob sie nicht weg. Ich starrte im Dunklen an die Decke. Der innere Frieden schwand langsam, je mehr sich der Morgen näherte. Fahles Licht in der Stunde zwischen Nacht und neuem Tag, die gewohnte Ernüchterung, und mit jeder Minute wurde Miriams Gesicht vor meinem inneren Auge deutlicher.

Hatte ich das wirklich getan? Sie mit einer Fremden betrogen, aus Angst heraus, in dem Glauben, dass es das war, was ich zurückhaben wollte? Wie sollte ich ihr an diesem Tag gegenübertreten? Ich würde sie anlügen müssen. Es gab keinen Ort für die Wahrheit, nur das Geheimnis dieser Nacht, für immer, wollte ich sie nicht verlieren. Und das wollte ich nicht, das begriff ich in dieser Stunde. Ich wollte sie, mit Kind, wenn nötig, doch ich wollte sie.

Gegen sechs Uhr schob ich Shiona vorsichtig von mir und setzte mich auf. Sie seufzte leise im Schlaf, verzog kurz den schönen Mund, erwachte jedoch nicht. Ihr Atem ging tief und regelmäßig. Ich suchte meine Kleider zusammen, die zwischen den ihren auf dem Boden lagen, und fuhr hinein, ohne zu zögern. Keine Wiederholung der vergangenen Lust, keine Gegenwart für unsere Zweisamkeit. Samson erhob sich und streckte sich gähnend, er hatte in dem einzigen Sessel zusammengerollt geschlafen.

Ich trat noch einmal neben sie und legte ihr sanft eine Hand auf die Wange. Fremdes Leben, fremder Schlaf, es ging mich nichts mehr an, und doch war sie in meinem Herzen, für immer.

»Mach's gut!« flüsterte ich.

Dann zog ich die Tür leise hinter mir ins Schloss.

Der Morgen erschien mir seltsam klar und gleichzeitig verzerrt, als bewegte ich mich in einer eigenen Zeit, in einem eigenen Raum. Es war noch früh, und obwohl der August noch nicht einmal angebrochen war, lag eine Feuchtigkeit in der Luft, die an den Herbst denken ließ.

Ich betrachtete die vorbeifahrenden Autos und die Menschen, die an diesem Freitagmorgen zur Arbeit eilten – sie erschienen mir so viel unwirklicher als ich selbst und meine Erinnerungen. Gedanken an die vergangene Nacht, Gedanken an den kommenden Tag, und dazwischen ich, plötzlich hellwach durch die frische Luft, die mich durchströmte und mir den Kopf klar machte und die Erschöpfung der vergangenen Stunden aus meinen Gliedern vertrieb.

Undenkbar, jetzt in die überfüllte, stickige U-Bahn zu steigen, mich den Blicken der Menschen auszuliefern, nackt. Shiona hatte meine Hülle geknackt, die ich der Welt gewöhnlich präsentierte, ein Schutzwall gegen ihre Neugier, und noch hatte ich ihn nicht wieder errichtet.

Entschlossen steckte ich die Hände, unter denen ich noch immer ihren Körper spürte, in die Taschen meiner Jeansjacke und lief los, quer durch die Innenstadt, an den noch geschlossenen Geschäften vorbei, über Bürgersteige, die um diese Zeit nur den Obdachlosen und den gurrenden Tauben gehörten. Samson gähnend an meiner Seite, unbeeindruckt von der fremden Umgebung. Die Ruhe und Verlassenheit kamen mir gerade recht, um meine Gefühle zu ordnen. Alleinsein, langsames Begreifen der Tatsache, dass ich Miriam betrogen hatte. Eine feine Regung von Schuld, endlich, doch noch mild in dem unwirklichen Licht, noch weit entfernt von mir, noch immer wurde ich von der Begegnung mit Shiona getragen.

Ich meinte ziellos umherzustreifen, doch meine Schritte führten mich zum Hauptbahnhof. Laut, zu laut für tiefe Gedanken, Menschengewimmel schon um diese Uhrzeit, Hektik zwischen Ankunft und Abschied. In dem Viertel dahinter die Lange Reihe, der Schwulenkiez mit Kneipen und Läden. Dazwischen das ehemalige Lieblingsrestaurant von Sebastian und mir, ein zweistöckiges Café in einem verglasten Künstlerhaus, vollgestopft mit dunklen alten Holzmöbeln, riesigen Spiegeln, Zeitschriften und einem Klavier. Im oberen Stockwerk konnte man stundenlang sitzen, ohne mehr als eine Schale Milchkaffee ordern zu müssen.

Nur vereinzelt saßen Gäste an den Tischen, als ich hereinkam; für die Studenten war es noch zu früh, für die Nachtschwärmer zu spät, wieder mal eine Zeit dazwischen. Der Kellner mit dem flammendroten Haar nickte nur zur Begrüßung, als er mich sah, und beugte sich dann wieder über sein Buch. Auch dies vertraut, als wäre ich nie weggewesen, und doch war so viel passiert seit meinem letzten Besuch einige Monate zuvor.

Ich ging die Treppe hinauf und setzte mich an einen der kleinen Tische an der Brüstung, von dem aus ich den unteren Raum überblicken konnte, bestellte mir eines der Frühstücke mit den phantasievollen Namen und wartete. Samson lag auf meinen Füßen und schlief, tröstlich. Kaffee und eine erste Zigarette, ungewohnt um diese Zeit, doch heute passte sie. Das Gefühl zu schweben hielt an, selbst als mein Frühstück kam.

Miriam in meinen Gedanken, ohne Unterlass, kein Entkommen. Eine Frau mit langem dunklem Haar trat durch die Eingangstür, setzte sich an die Theke und bestellte einen Espresso. Sie wies nur entfernte Ähnlichkeit mit Miriam auf – der schmale Körper, die Art, wie sie sich das Haar aus dem Gesicht strich, wie sie vorsichtig beobachtete und lachte, als der Kellner ihr etwas erzählte –, und dennoch war der Stich in der Magengrube deutlich und schmerzhaft.

Elend fühlte ich mich auf einmal, auf meiner Haut noch immer die Spuren der vergangenen Nacht, in meinen Ohren noch Shionas Atem, elend in dem Wissen, sie betrogen zu haben aus einer diffusen Unsicherheit heraus, wenn sie mich vielleicht nötig gebraucht hatte, auch wenn sie es mir nicht hatte zeigen können. Für die Lügen, die ich ihr erzählen würde, später an diesem Morgen, an diesem Tag, in den nächsten Wochen, fühlte ich mich schon jetzt schuldig.

Ich wusste, ich würde ihr Schmerz zufügen, auf unbestimmte Zeit, für einen kurzen Moment des Begehrens, auch wenn ich schwieg; ich ahnte, sie würde es in meinen Augen lesen, weil es mir nicht gelingen würde, die Stunden zu verbergen.

Ich kann doch nichts dafür, wenn ich eine Frau begehrenswert finde.

Noch einmal der Faszination nachspüren, die von ihr ausgegangen war, ihr leuchtend roter Mund, ihre rauchige Stimme.

Nein, aber die Entscheidung, diesem Begehren zu folgen, liegt ganz allein bei mir.

Das Begehren löste sich auf im Morgen. Und dennoch ... Ich hatte sie gewollt. So sehr, dass der Gedanke, dem Wollen nicht nachzugeben, unerträglich gewesen war. Ein Wollen, das stärker gewesen war als alle Vernunft, stärker sogar als meine Verliebtheit, ein Wollen, das keine Rücksicht auf Miriam und Tim zuließ. Ich verachtete mich dafür, doch gleichzeitig war ich außerstande, es zu bedauern.

Die Frau an der Theke stand auf und ging auf die Toilette zu. Auf halbem Weg sah sie auf und entdeckte mich. Sie fasste sich in den Nacken und nahm ihr langes Haar zusammen, Erinnerung, dieselbe Geste wie bei Miriam. Für eine Sekunde erwiderte ich ihren Blick, dann senkte ich die Augen auf meine halbgeleerte Schale Milchkaffee. Meine Finger waren kalt, als ich nach der zweiten Zigarette des Tages griff. Ein leichtes Zittern verriet mich, das niemand sah außer mir.

8

Gegen Mittag endlich verließ ich das Café. Die Frau war schon längst gegangen, mit federnden Schritten, und hatte mich mit einem mulmigen Gefühl im Bauch zurückgelassen. Ich konnte den Besuch bei Miriam nicht ewig hinauszögern; »nach dem Frühstück« hatte ich gesagt; die Zeit war längst vorbei. Ich brachte Samson zu Sebastian zurück, und er sah mir mit traurigen Augen nach, als ich die Tür hinter mir ins Schloss zog. »Tut mir leid, aber heute kannst du nicht mit.«

Die wenigen Stationen mit der U-Bahn vertrieben das mulmige Gefühl nicht, im Gegenteil, es verstärkte sich noch. Ich stieg in den Bus um, drei Haltestellen, dann stand ich in ihrer Straße, die roten Backsteinhäuser bereits vertraut. Ihr Name an der Tür, nur ein kurzer Blick. Die freudige Erwartung aufgelöst im hellen Mittagslicht, von bleierner Müdigkeit durchzogen, die auch der Kaffee nicht hatte vertreiben können.

Als sie die Tür öffnete, krampfte sich mein Herz zusammen. Ihr Gesicht war blass, ihr Blick forschend, und dennoch vermochte ich mich ihrer Ausstrahlung nicht zu entziehen.

»Hallo.«

»Wir haben schon auf dich gewartet.«

Ihre Stimme war sehr klein. Ich umarmte sie nicht, sondern blieb vor der Tür stehen, die Hände in den Hosentaschen; noch brauchte ich ihn, diesen Schutzwall. Dabei wünschte ich mir nichts sehnlicher, als sie in meine Arme zu schließen und zu halten, mein Gesicht an ihrem Hals zu bergen, die Augen zu schließen, zu fühlen, wie ihre Hände sich sanft und fest auf meinen Rücken legten.

»Gehen wir?«

In diesem Moment kam Tim aus dem Kinderzimmer gestürmt; er hielt kurz inne, als er mich sah, dann lief er zu Miriam und drückte sich an ihr Bein. Doch da war keine Spur mehr von Schüchternheit; er lächelte zu mir hoch. »Hallo, Elena.«

Es war lustig, meinen Namen aus seinem Mund zu hören; er zog die zweite Silbe in die Länge, so dass er einen ganz anderen Klang bekam. »Eleena«.

»Hallo, Kleiner.«

»Ich bin nicht klein!«

Die Art, wie er die Stirn zornig in Falten legte und die Unterlippe vorschob, erinnerte mich an Miriam. Er verschränkte die Arme vor der Brust und vergaß dabei ganz, sich an ihr Bein zu schmiegen.

»Entschuldigung, natürlich nicht. Du bist sogar schon ziemlich groß für dein Alter.«

»Echt?«

Ich nickte, und er begann zu strahlen, mit einem schnellen, triumphierenden Blick zu ihr. Auf der Treppe nach unten nahm er meine Hand.

Tim machte es mir leicht, die Distanz zu Miriam aufrechtzuerhalten. Begeistert ging er auf jede meiner Fragen ein und zog mich mit, ohne sich nach ihr umzuschauen.

Miriams Gesicht war verschlossen. War sie eifersüchtig, nachdem sie ihn so lange für sich allein gehabt hatte? Erwartete sie nicht genau das von mir – dass ich mich auf ihn einließ? Ich war verunsichert, und sie war es auch, das spürte ich.

Wir fuhren mit dem Schiff auf der Elbe vom Hafen nach Blankenese, weil Tim es sich sehnlichst gewünscht hatte. Er stand an der Reling und starrte in die Wellen hinunter, um eine Flaschenpost zu erspähen, und wir saßen daneben auf einer Bank und ließen uns vom Wind durchpusten. Wir berührten uns nicht. Es war nicht die Zeit für Zärtlichkeiten.

»Arbeitest du heute nicht?«

Sie schüttelte den Kopf, den Blick auf Tims Rücken geheftet.

»Montags bis donnerstags gebe ich nachmittags Kurse für Kinder, montags, dienstags und donnerstags abends für Erwachsene, und samstags vormittags für zwölf- bis sechzehnjährige Mädchen. Dann passt Bianca gewöhnlich auf Tim auf.«

»Und was ist mit seinem Vater?«

Sie seufzte.

»Der tritt selten in Erscheinung. Er ist Anwalt und ständig auf Reisen, außerdem hat er andauernd eine neue Freundin, da bleibt nicht viel Zeit für seinen Sohn. Ich bin nicht besonders traurig darum, um ehrlich zu sein. Tim geht es jedesmal schlecht, wenn er von ihm zurückkommt. Er weint dann viel und hat Alpträume.«

Es schien, als wollte sie weitersprechen, doch dann hielt sie inne und senkte den Kopf.

»Da ist doch noch etwas, oder? Miriam?«

Sie seufzte erneut.

»Er verfolgt in letzter Zeit die Idee, seinen Part vom Sorgerecht zu fordern, obwohl Tim nach der Scheidung mir allein zugesprochen wurde. Weißt du, was das bedeuten würde?«

Sie biss sich auf die Lippe. Ich nahm ihre Hand; sie war erschreckend kalt.

»Nein, erzähl es mir.«

»Ich dürfte ohne seine Erlaubnis mit Tim nicht mal in eine andere Stadt ziehen. Und die würde er mir mit Sicherheit verweigern, schon allein aus Bosheit.«

»Was will er denn mit Tim, wenn er ohnehin keine Zeit für ein Kind hat?«

Sie lachte bitter.

»Das ist die falsche Frage, Elena. Er hat eine Mutter und kann sich locker eine Babysitterin leisten. Aber darum geht es nicht: Er benutzt seinen Sohn, um mir etwas heimzuzahlen, das mit dem Jungen nicht das geringste zu tun hat.«

Tim drehte sich strahlend zu uns um, seine Wangen vom Wind gerötet. Er winkte; dann widmete er sich wieder dem Zählen der vorbeifliegenden Möwen.

»Und das wäre?«

Sie wollte mir ihre Hand entziehen, doch ich hielt sie fest.

»Etwa ein Jahr nach seiner Geburt war unsere Ehe am Ende. Daniel hatte eine Geliebte und war permanent unterwegs, und wenn er zu Hause war, wollte er seine Ruhe haben und nahm mich kaum wahr. Nach einer Weile war es mir egal. Ich habe mich verliebt. Sie hieß Bea und war die Mutter eines Kindergartenfreundes von Tim.«

»Und? Hat Daniel es herausgefunden?«

»Das brauchte er gar nicht. Bea und ich haben uns eine Weile heimlich getroffen, dann bekam sie es mit der Angst zu tun – sie sah ihr behütetes Leben gefährdet und hat unsere Affäre beendet. Sie hat ihrem Mann alles erzählt, dabei aber leider die Tatsachen etwas verdreht. Sie hat es so hingestellt, als ob ich sie verführt hätte.«

Ein schneller Blick ihrerseits, ein rascher Augenkontakt, zu schnell wieder vorüber, zu intim das Gesagte.

»Dabei hat sie es genauso gewollt, glaub mir. Doch das war am Ende egal. Ihr Mann war mit Daniel befreundet, und den Rest kannst du dir ja denken. Alle haben ihr geglaubt, und alle im Kindergarten wussten es. Das ist der Grund, warum ich mit Tim nach der Scheidung hierher gezogen bin, wo uns niemand kennt. Die Gegend ist nicht gerade toll, aber hier wohnen so viele Leute, dass sich niemand für den anderen interessiert.«

Sie drückte kurz meine Hand, dann stand sie auf und trat zu Tim an die Reling. Ich war erschöpft von den Nachwirkungen der vergangenen Nacht und bemühte mich, dieses weitere Puzzleteil ihres Lebens einzuordnen.

Auf dem Nachhauseweg lief Tim vorneweg.

Miriam sagte leise: »Als ich mit ihm aus dem Krankenhaus kam, habe ich die erste Nacht nur dagelegen und ihn angestarrt und geheult. Weil ich gedacht habe: *Das war es jetzt, dein Leben.*«

Sie griff nach meinem Arm und blieb stehen.

»Doch das ist nur die halbe Wahrheit, Elena. Ich wünsche mir, dass du das siehst.« Der hellblaue Sog wie bei unseren ersten Treffen in Berlin, er war wieder da.

»Ich lasse dir Zeit, ja? Aber ich will dich nicht verlieren«, sagte sie.

Ich nahm sie in die Arme und barg mein Gesicht an ihrer Schulter, endlich. Ich schwor mir in diesem Augenblick, mein Möglichstes zu versuchen, für sie, für mich, für uns.

Wie in dichtem Nebel zog der Tag an mir vorbei, das Lachen von Tim, mein begrenztes Vermögen, mich auf ihn und Miriam einzulassen. Die Nacht verbrachte ich wie geplant in Sebastians Gästezimmer. Ich fiel immer wieder in einen Schlaf der Erschöpfung, aus dem ich schweißgebadet erwachte.

Im Morgengrauen wurde ich endgültig wach und wusste im ersten Augenblick nicht, wo ich mich befand. Das kleine Gästezimmer war mir unvertraut, und mir war seltsam fremd und wirr zumute, wie nach einem Alptraum. Dann erkannte ich die Konturen der Möbel, die Fotos an den Wänden, die Häuser vor dem Fenster, in graues, fahles Tageslicht gehüllt. Ich erhob mich leise; ich wusste, ein weiterer Versuch, Ruhe zu finden, wäre zwecklos. Meine Gedanken waren zu laut, zu turbulent, sie fuhren Achterbahn in meinem Kopf.

Im Flur war es dämmrig und still, nur die Jacken an der Garderobe verrieten, dass Sebastian und Anja irgendwann in der Nacht nach Hause gekommen waren. Ich schlich mich ins Bad und betrachtete mein Gesicht im Spiegel über dem Waschbecken. Bleich, mit erschreckend dunklen Augen, die Haare wirr, Spuren der vergangenen Tage und Nächte. Vorsichtig tastete ich mit den Fingerspitzen nach meinem Spiegelbild, hinterließ Spuren auf der makellosen Fläche.

Flucht unter die Dusche, heiß, so heiß es ging, der harte Strahl auf meinem Nacken, meinem Rücken, minutenlang. Ich griff nach dem nächstbesten Shampoo, doch der Geruch war zu süßlich, Vanille vielleicht, Mandelöl. Ich hatte mich noch immer nicht daran gewohnt, dass eine Frau hier lebte. Ich nahm Sebastians Duschgel. Der frische, leicht herbe Duft gefiel mir – nicht nur weil er mich an ihn erinnerte. Er machte wach und den Kopf klar, und genau das brauchte ich jetzt. Die Spuren der Nacht ausgelöscht, fortgewaschen. Das Wasser eiskalt zum Schluss, eine Minute, zwei, bis ich beinahe aufgeschrien hätte, doch ich biss mir auf die Lippen, ließ den Schmerz zu, jagte die Energie durch meinen müden Körper.

Der Spiegel war beschlagen, als ich aus der Dusche stieg. Ich wischte die Feuchtigkeit beiseite und betrachtete mich ein zweites Mal, meine Haut gerötet jetzt, die Blässe erfolgreich vertrieben, das schwarze Haar nass und glänzend. Zufrieden rubbelte ich mich ab, schlich zurück in mein Zimmer und fuhr in meine Klamotten. Eisblaues Oberteil, helle Cargohosen, erneut meine Wohlfühlsachen, Sicherheit, die mich umhüllte.

Ich zog die Wohnungstür leise hinter mir ins Schloss, um Sebastian und Anja nicht zu wecken. Am Bahnhof Altona hatte bereits der erste Bäcker seine Rolläden hochgezogen. Ich kaufte mir einen Becher dampfenden Kaffee und ein Croissant und betrachtete eine Weile nachdenklich den Bahnhofsvorplatz, die erwachende Stadt. Es war Samstag, merklich weniger geschäftig als am Tag zuvor, es waren andere Menschen unterwegs. Die Berufstätigen lagen noch in ihren Betten und erholten sich von der Arbeitswoche, bevor sie einkaufen gingen; statt dessen Jugendliche, die von ihren nächtlichen Vergnügungen zurückkehrten, Obdachlose, die ihren Tag mit einem Bier begrüßten, umgeben von ihren Hunden, vereinzelte frühe Spaziergänger und türkische Familien auf dem Weg zum Markt. Ein leises Gefühl von Heimat beschlich mich, ich war so oft hier gewesen auf dem Weg zu Sebastian und fühlte mich in dem multikulturellen Treiben sehr wohl, anonym und geborgen vor fremden Blicken.

Derselbe Weg wie am Tag zuvor, eine halbe Stunde zwischen Sebastians Wohnung und ihrer.

Ich spürte sofort, dass sich über Nacht etwas zwischen uns verändert hatte. Miriam suchte Körperkontakt, auch wenn Tim in der Nähe war, und ich wich ihr nicht aus, noch schreckte ich aus Unsicherheit zurück, wenn er zu mir kam. Entspannung auf beiden Seiten; wir verbrachten einen harmonischen, fröhlichen Tag im Tierpark.

Es war wieder warm geworden, und wir sinnierten eine Weile auf der Bank beim Spielplatz vor uns hin, während Tim nicht genug kriegen konnte von der Rutsche. Ihr Kopf schwer an meiner Schulter. Ich schloss die Augen und ließ das Gefühl tief in mich einsinken, bis in die Finger- und Zehenspitzen. Ankommen, loslassen, einfach sein. Kein Störfaktor Kind an diesem Nachmittag, sein Lachen gemischt mit unserem.

An diesem Abend, als Tim im Bett lag und schlief, schickte Miriam mich nicht weg. Als ich meine Jacke nahm und gehen wollte, griff sie nach meiner Hand und hielt sie fest.

»Geh nicht!«

»Aber ich dachte, wir wollten Tim nicht ...«

»Das werden wir nicht, glaub mir.«

Sie hängte meine Jacke wieder an die Garderobe und zog mich hinter sich her ins Schlafzimmer.

Sie las meine Angst, sie zu berühren, in meinen Augen. Es war mir immer leicht gefallen, Frauen zu lieben, Sex mit ihnen war mir vertraut. Doch als Miriam mich berührte, verspannte ich mich. Aus Angst, nicht weil ich sie nicht begehrte, sondern weil sie mir so viel bedeutete. Keine Spur jener Leichtigkeit, mit der ich Shiona oder Renée oder anderen davor begegnet war, statt dessen die Furcht, ihr weh zu tun, sie zu verletzen, sie nicht zu verstehen, ihr dass, was sie ersehnte, nicht bieten zu können.

Miriam spürte mein Zögern sofort. Sie hielt inne und sah mich an.

»Was ist los?«

Ich schüttelte den Kopf.

Sie zögerte, doch nur kurz. Dann zog sie sich mit wenigen weich fließenden Bewegungen aus und stellte sich vor mich hin. *Sie ist da*. Mein Herzschlag beruhigte sich augenblicklich. Die Sehnsucht nach ihr war stärker als alles andere, selbst als die Angst, und in gewisser Weise war es tröstlich, das zu begreifen, endlich. Trotz aller Geschehnisse waren die Gefühle zwischen uns immer noch da, wie an unserem ersten Abend, stark und verwirrend und einzigartig. Nein, das stimmte nicht ganz, sie hatten sich verändert. Sie waren gewachsen.

Sie nahm meine Hand und legte sie auf ihre linke Brust.

»Spürst du das?«

Ihr Herz unter meinen Fingern, heftig und rasch, als wolle es die versäumte Zeit nachholen. Ich ließ meine Hand dort liegen und spürte, wie ihre Wärme langsam auf mich überging und meine Lähmung vertrieb. Miriam wartete geduldig.

Nach einer Weile nahm ich sie in die Arme, strich ihr über den Nacken, griff in ihr Haar. Sie seufzte nur leise, küsste mich auf den Hals und lehnte sich an mich. Erst einige Minuten später nahm ich ihren nackten Bauch an meinem wahr und ihre Brüste, ich fuhr mit meinen Fingern über ihren Rücken, ihren Po. Und erst in diesem Augenblick spürte ich die Lust in mir aufsteigen.

Mitten in der Nacht schrie sie auf vor Schmerz, weil wir uns seit Stunden nicht voneinander gelöst hatten, doch nur ganz kurz, dann zog sie mich wieder auf sich herab, und ich drückte meine Lippen auf ihre verschwitzte Haut und hielt sie fest in meinen Armen. Als wir einschliefen, legte ich meinen Kopf auf ihre Brust. Sie flocht ihre Finger in mein Haar, als ob sie mich daran hindern wollte, jemals wieder zu gehen.

Als ich kurze Zeit später erwachte, dämmerte bereits der Morgen vor den Fenstern. Miriam hatte sich im Schlaf umgedreht und wandte mir den Rücken zu, und ich verspürte den überwältigenden Wunsch, sie zu beschützen.

Ich betrachtete die sanfte Kurve ihres Nackens und ihre helle Haut, und es wurde mir der Unterschied deutlich bewusst zwischen dem, was ich in dem Hotelzimmer getan hatte, und dem Gefühl, Miriam zu lieben. Es war wie Feuer und Wasser, so gegensätzlich, als hätte es nichts miteinander zu tun. In dieser Nacht hatte ich zum zweiten Mal mit der Frau geschlafen, die mir wirklich etwas bedeutete, über den Moment hinaus.

Eine Stunde später wachte ich erneut auf und spürte sofort, dass ich nicht mehr würde einschlafen können. Miriam lag auf dem Rücken, die Augen geschlossen. Ich stützte mich auf den Ellbogen und betrachtete sie. Vorsichtig fuhr ich mit dem Zeigefinger den Konturen ihres Gesichtes nach. Ich konnte nicht anders, ich musste sie wecken, konnte die Distanz, die der Schlaf zwischen uns geschaffen hatte, nicht länger ertragen.

Sie seufzte leise und bewegte sich schlaftrunken, dann schlug sie die Augen auf, sah mich und begann zu lächeln. Der bereits vertraute Stich in der Magengegend beim Anblick ihrer

Lippen, die Sehnsucht so stark, dass ich Angst bekam vor dem nächsten Tag, der Trennung. Ich vergrub mein Gesicht in der Beuge an ihrem Hals, um sie meine Furcht nicht sehen zu lassen. Beinahe verzweifelt atmete ich ihren Duft, sog ihn tief in mich ein und wusste doch, dass er vergänglich war, dass er verflogen sein würde, sobald ich wieder in Berlin war. Wieder Wochen ohne sie vor mir, nur die Erinnerung an sie, an uns in meinem Kopf, ihre Worte am Telefon. Undenkbar.

»Was ist?«

Sie umfasste mein Gesicht mit beiden Händen und zwang mich, ihr in die Augen zu sehen.

»Nichts.«

»Hey, sag es mir!«

Ihre Ernsthaftigkeit war bezwingend.

»Du fehlst mir jetzt schon.«

Sie lächelte traurig und strich mit der Spitze ihres Zeigefingers über meine Wange.

»Genieße den Augenblick, hörst du?«

Ich küsste sie schweigend und nickte.

9

»Elena?«

Widerwillig löste ich mich aus meinen Erinnerungen und hob den Kopf. Richard sah mich fragend an.

»Entschuldige bitte. Was hast du gesagt?«

Eine regnerische Nacht in Berlin einige Tage später. Wir saßen in einer Szene-Bar, nachdem wir den ganzen Abend gekellnert hatten, versuchten, den Stress der vergangenen Stunden abzuschütteln und den Energielevel herunterzufahren.

Jeden Tag seit meiner Rückkehr aus Hamburg hatte ich gearbeitet, im Verlag, in der Bar, zu Hause, um meinen Rückstand nach dem verlängerten Wochenende auszugleichen. Insgeheim wusste ich, dass ich nur versuchte, dem Nachdenken auszuweichen und die Tatsache, dass sie nicht bei mir war, nicht einsinken zu lassen. Hals über Kopf hatte ich mich in das Alltagsleben gestürzt, und doch gelang es mir nicht, mein Herz zu täuschen. Nachts, wenn es still war um mich herum, erschien ihr Gesicht vor meinem inneren Auge und begleitete mich durch meine Träume. Das Telefon war nur ein kümmerlicher Ersatz für ihre Zärtlichkeit, ihre Wärme.

Der überfüllte Raum an diesem Abend war mir gerade recht, viel besser als meine einsame Wohnung, auch die laute Musik und das Gedränge um mich herum, die hämmernden Beats und der Martini in dem Glas vor mir auf der Theke. Rauschzustand. Richard neben mir als einziger Halt.

Er beugte sich zu mir in dem hoffnungslosen Versuch, die ohrenbetäubende R'n'B-Musik zu übertönen. »Und?«

»Und was?« Meine Stimme heiser, übernächtigt.

Richard verdrehte die Augen und deutete über seine Schulter in Richtung Ausgang. »Lass uns eine Runde laufen, ja?«

»Okay!«

Als wir uns beinahe bis zum Ausgang vorgekämpft hatten, blieb ich plötzlich wie erstarrt stehen. Ich hatte Renée unter den Tanzenden entdeckt. Schnell schob ich mich hinter ein eng umschlungenes Pärchen, damit sie mich nicht sah. Ich beobachtete, wie sie ziemlich sexy mit einer kleinen schwarzhaarigen Frau tanzte.

Richard stieß mich in die Rippen. »Was ist?«

Ich deutete auf die Tanzfläche. Richard blickte sich um und pfiff durch die Zähne.

»Willst du hingehen?«

»Nein!«

Das letzte, was ich jetzt brauchte, war Smalltalk mit Renée.

»Lass uns einfach gehen, ja?«

Draußen hakte ich mich bei Richard unter, zum unzähligsten Mal froh, dass er da war. Leichter Nieselregen fiel, das Licht der Straßenlaternen spiegelte sich auf dem nassen Asphalt. Mir war alles andere als romantisch zumute.

»Was würde ich bloß ohne dich machen?«

Richard schaute mich mit seinen strahlendblauen Augen durch die Nickelbrille hindurch unergründlich an. Seine blonden Haare, die wieder gewachsen waren, färben sich bereits dunkel im Regen.

»Du bist viel stärker, als du denkst, Elena. Außerdem revanchiere ich mich bloß.«

»Wenn du damit die Sache mit Markus meinst ...«

Er wandte den Kopf ab und schaute über die Spree hinweg zum anderen Ufer, wo ein paar Betrunkene auf eine Mülltonne eintraten. Ich schwieg. Ich hatte begriffen, dass es Dinge gab, an die man besser nicht rührte, und die Episode mit Markus und Sascha gehörte dazu. Zwar hatten Richard und er sich längst wieder versöhnt, unter zahlreichen Tränen, aber die Tatsache, dass Markus fremdgegangen war, hatte eine tiefe Wunde in die Beziehung der beiden geschlagen. Ich hatte Richard damals mehrere Nächte bei mir Unterschlupf gewährt. Gemeinsam hatten wir wieder und wieder nach der Schicht in der Bar seine Barbra-Streisand-CD gehört, zuviel geraucht, zuviel Wein getrunken, geredet bis zum Morgengrauen und uns am nächsten Abend wieder zur Arbeit geschleppt. Diese Zeit hatte unsere Freundschaft intensiviert, ebenso wie die letzten Wochen, in denen ich mich zusehends verloren fühlte.

»Sie fehlt mir. Sie fehlt mir furchtbar.«

»Ich weiß.«

Er starrte hinunter in das dunkle Wasser, dann gab er sich plötzlich einen Ruck. Er drehte sich um und nahm mich in die Arme, so fest, dass mir die Luft wegblieb. Ich vergrub das Gesicht an seiner Brust und sog seinen vertrauten Geruch ein. Er flüsterte in mein Haar, so leise, dass ich ihn kaum verstand: »Und was tust du dann noch hier, Elena?«

Ich erwachte, weil mich jemand beobachtete. Ich setzte mich in der Dämmerung auf und griff nach dem Wecker: Es war fünf Uhr morgens, und in der Tür stand eine kleine Gestalt. Tim trug einen viel zu großen Schlafanzug und hatte Erik, seinen Plüschelch, fest an die Brust gedrückt.

»Hallo«, flüsterte ich. »Was machst du denn schon hier?«

Er gab keine Antwort, schaute aber sehnsüchtig auf unser Bett, in dem Miriam wie eine Katze zusammengerollt schlief.

»Kannst du nicht mehr schlafen?«

Er schüttelte energisch den Kopf. Da schlug ich einladend die Bettdecke zurück und klopfte auf die Matratze. Mit einem Satz lag er zwischen uns und kniff die Augen fest zusammen.

Ich betrachtete die beiden eine Weile, und währenddessen spürte ich, wie sich der Kopfschmerz oberhalb meiner linken Schläfe festsetzte. Ich erhob mich leise aus dem Bett, ging ins Bad, fand ein Aspirin und kehrte anschließend ins Schlafzimmer zurück. Ich setzte mich auf das Fußende des Bettes. Tim schlief mittlerweile wieder tief und fest; sein Mund war leicht geöffnet, und von Zeit zu Zeit seufzte er, genau wie seine Mutter. Sie waren Teil von mir, die beiden, in meinem tiefsten Inneren, Teil meiner Erfahrung, und sie würden es immer sein. Das, was mit uns dreien in den wenigen vergangenen Wochen geschehen war, ging weit über das hinaus, was ich mir jemals erhofft hatte. Noch immer eine Überraschung, die Welle der Zuneigung, der Liebe, die mich immer wieder erfasste. Dennoch auch immer wieder der Absturz, der Moment, in dem wir an unsere Grenzen stießen. Kapitulation vor der Sehnsucht, die alles überdeckte, und auch das, was ich befürchtet hatte: kurze, überhastete Besuche von Freitagabend bis Sonntagmittag, mehr ließ meine Arbeit, ließ ihr Leben nicht zu. Stippvisiten, die den Hunger nicht stillen konnten, eher noch verstärkten.

Ich erhob mich, um Frühstück zu machen. Eine halbe Stunde später kam sie mir nach, müde, nackt, nur in eine Decke gehüllt. Ich sah sie wieder vor mir, wie sie sich in der vergangenen Nacht an mich geschmiegt hatte, schon halb im Schlaf, ihre Haut weich und warm. Sie trat zu mir, fuhr sich gähnend durch die Haare und küsste mich auf den Mund.

»Hey, hast du gut geschlafen?«

»Ja. Möchtest du Kaffee?«

»Ja, eine große Tasse! Danke fürs Frühstückmachen, Elena. Und überhaupt.«

Wieder ein Tag für Tim; es war mir bereits zur Gewohnheit geworden, meine Wünsche den seinen unterzuordnen. Kino diesmal, ein Kinderfilm natürlich. Nachmittagsvorstellung, ich konnte mich nicht erinnern, wann ich so etwas zuletzt erlebt hatte. Es wurde permanent dazwischengeredet, überall Popcorn gegessen, und es herrschte eine ansteckende fröhliche Unbeschwertheit, die ich nach der vergangenen Woche sehr genoss. Ihre Hand in meiner, verstohlen, doch für den Augenblick genug.

Hinterher in der U-Bahn kletterte Tim auf meinen Schoß und erzählte mir die Geschichte noch einmal in seinen Worten, die

Silben überschlugen sich vor Begeisterung. Miriam saß uns gegenüber und beobachtete uns, ihr Lächeln unergründlich. Keine Gegenwehr heute auf meiner Seite, zu mitreißend sein Wortschwall, das Gefühl, in seinen Augen das Richtige zu tun.

»Elena?«

Miriams Flüstern wurde von der Dunkelheit beinahe verschluckt.

Ich konnte ihre Augen nicht sehen; alles, was ich spürte, war ihre Hand auf meinem Rücken, fragend. Samstagnacht, wir waren eben ins Bett gefallen, jetzt gingen ihre Hände auf meiner vom Tag ermüdeten Haut auf Reisen. Miriams Finger auf meinem Bauch, auf meinen Brüsten, doch noch war meine Lust betäubt, begraben unter einem langen Tag, zuviel Nähe. Das Kribbeln im Bauch verstummt, meine Fingerspitzen fühllos für die Berührung ihrer Haut, die Intimität schal.

Ich schloss die Augen und lauschte auf ihren Atem, während ihre Lippen langsam über meinen Nacken wanderten. Ich lauschte, wie sie mein Begehren zurückholte aus den Tiefen meines Bauches und bewegte mich unter ihr, bis wir einen gemeinsamen Rhythmus gefunden hatten. Später schlief sie erschöpft mit dem Gesicht auf meinem Bauch ein, und ich hielt sie noch fest, als wir schon längst träumten, fernab vom Alltag, dem Morgen, der unweigerlich kommen würde.

Ein Abend Ende Juli, wieder zurück in Berlin, gefangen zwischen dem Gestern und dem Morgen, zwischen dem Alltag und meiner Beziehung zu Miriam. Ein Spagat, der mir immer weniger gelang.

Das ewige Pendeln zwischen Berlin und Hamburg war ermüdend und teuer, und immer war ich es, die ihre Umgebung verließ für wenige gestohlene Stunden zwischen Spielplatz und Morgendämmerung. Es war zu früh, um Tim aus seiner Welt zu reißen, zu wenig Platz bei mir für ein Kind, für sie beide. Rational und logisch, und dennoch ...

Ich arbeitete zuviel. Stunde um Stunde saß ich an Pauls Entwürfen, den Kaffeebecher vor mir, und spürte dabei, dass etwas nicht stimmte. Etwas veränderte sich in mir, der übergroße Lebenshunger, der Richard und mich noch wenige Wochen zuvor vereint hatte, war versickert und hatte einer schleichenden Unruhe Platz gemacht. Schuld war hauptsächlich der Schwebezustand, in dem Miriam und ich uns befanden, außerstande, ein Wort über die Zukunft zu wechseln, weil wir beide Angst hatten vor dem, was dieser Begriff bedeuten mochte. Immer noch hielten wir beide uns eine Hintertür offen, nach jedem Wochenende kehrten wir zurück in unseren jeweiligen Alltag, zogen uns zurück in die Einsamkeit, litten an Missverständnissen, Worten am Telefon, Nuancen manchmal nur, die uns wieder trennten.

Ich hatte aufgehört, die Leere in mir zu betäuben, indem ich in überfüllten Clubs herumhing. Es erschien mir sinnlos und verstärkte das hohle Gefühl nur noch. Ich besaß nicht die Energie, um zu tanzen, und Richard schien es seltsamerweise ähnlich zu gehen. Immer öfter verbrachten wir unsere freien Abende bei mir oder bei ihm zu Hause und versuchten uns gegenseitig Wärme zu spenden, wir kochten und redeten und sahen uns Filme an. Immer öfter jedoch wollte ich auch allein sein und ertappte mich dabei, wie ich minutenlang vor mich hin starrte.

Obwohl ich früher immer nur Affären gehabt hatte, schien mir die Zeit mit Miriam jetzt nie genug, nie reichte sie aus, um mich innerlich ruhiger werden zu lassen.

Und dennoch schien mir etwas zu fehlen, das über sie und mich hinausging.

Entnervt schob ich den Zeichenblock von mir und ließ Pauls fertige Entwürfe, die ich studiert hatte, zu Boden segeln. Sie lagen in einem unordentlichen Haufen zu meinen Füßen, und ich machte mir nicht die Mühe, sie aufzuheben. Ein so großer Teil meiner Zeit ging für die sinnlosen Comic-Kämpfe auf dem Papier drauf; jeden Abend nahm ich meine Zeichenmappe mit nach Hause, feilte an meiner Lieblingsheldin, und doch erschien es mir stupide und unendlich weit weg von dem, was ich mir während meines Kunststudiums erträumt hatte. Der euphorische Höhenflug, auf dem ich mich nach Pauls Jobangebot befunden hatte, war längst vorüber.

Es war schon fast dreiundzwanzig Uhr. Ich stand auf und streckte meinen müden Rücken. Mein Handy, auf stumm geschaltet, zeigte drei Anrufe, doch ich ließ es liegen und trat ans Fenster. Der Himmel war dunkel geworden, ohne dass ich es gemerkt hatte. Mein Spiegelbild, statt der erwarteten Straßenansicht, eine schmale Gestalt mit tiefen Augenschatten, angespannt, ausgepowert. Trauer in den dunklen Augen, jahrealt, ungeweinte Tränen, unterdrückter Schmerz. Ich kannte das, es suchte mich seit drei Jahren von Zeit zu Zeit heim: Olivers Bild in meinem Kopf, wenn ich erschöpft war, sein Lachen, seine Stimme. Es war mir stets gelungen, die Erinnerung zurückzudrängen. Doch heute nicht. Die Gedanken ließen sich nicht mehr vertreiben. Ich lehnte meine Stirn gegen die kühle Fensterscheibe und ließ sie kommen, die Tränen, ich weinte sie und vergaß sie, lautlos und ohne eine Regung. Die Erleichterung, die mich anschließend durchflutete, kam unerwartet. Wie das Gefühl, ihr Ausdruck verschaffen zu müssen.

Ich baute meine Leinwand auf, griff nach Palette und Farbtuben und begann zu malen, nicht ein winziges Bild nach dem anderen, die allesamt in einem Band von vielen untergingen, sondern ein einziges, großes. Rote, orangefarbene, sonnengelbe Kreise und Wirbel, und erst als ich fertig war, begriff ich, was ich getan hatte: Ich hatte Abschied gefeiert von den düsteren Tönen, zu denen ich nach seinem Unfall stets gegriffen hatte. Schwarz und Dunkelblau waren zur Vergangenheit geworden.

Als der Morgen dämmerte, fiel ich in Schlaf, zum ersten Mal seit Wochen schlief ich tief und traumlos.

Als der Wecker klingelte, fühlte ich mich ausgeruht und frisch wie seit einer Ewigkeit nicht mehr. Ich setzte mich im Bett auf, und mein Blick fiel als erstes auf das Bild, das im Türrahmen lehnte, das Bild in hellen, warmen, leuchtenden Tönen. Wie hatte ich so lange auf die Malerei verzichten, die Zeichen missverstehen können?

Schon als Jugendliche hatte es mich unglücklich gemacht, wenn ich nicht malen konnte. Immer wieder hatte es solche Phasen gegeben, in denen andere Dinge wichtiger gewesen waren, und doch hatte ich nach einiger Zeit stets eine innere Unruhe, eine Unzufriedenheit verspürt. Sie machte mich schwach, bis ich endlich begriff. In einer Nacht hatte ich dann manchmal ganze Blöcke mit Zeichnungen und Bildern gefüllt, sie strömten aus mir heraus, als hätten sie die ganze Zeit nur darauf gewartet, dass ich nachgab.

Ein Kaffee im Stehen in der Küche, die Energie in mir ließ ein ausgiebiges Frühstück nicht zu. Das Leben hatte auf einmal seine Zähigkeit verloren. Ein erstaunter Blick von Paul, als ich mich pfeifend an meinen Schreibtisch setzte; ich lächelte ihn an, einfach so, weil mir danach war. Sonnenstrahlen auf der Tischplatte vor mir; sie wanderten, während ich arbeitete. Meine Hände flogen wie von selbst über das Papier, die Tastatur, und beinahe war ich erstaunt, als sich der Tag dem Ende neigte. Ein freier Abend ohne Kellnern lag vor mir, Stunden ganz für mich allein, ein erneuter Versuch mit den Farben vielleicht.

In meinem Briefkasten steckte ein schlichter weißer Umschlag, dessen Schrift ich auf Anhieb erkannte. Er war von meinem Vater. Was hielt ich in den Händen? Ich wusste es nicht. Ich fürchtete mich davor, den Brief zu öffnen, zu wichtig war er für meine Zukunft.

Ich steckte den Brief ein und nahm ihn mit nach oben; ich legte ihn auf den Küchentisch und schlich darum herum, wohl eine Stunde lang; ich aß etwas, ich duschte, hörte meinen Anrufbeantworter ab. Zwei Anrufe von ihr, doch ich verschob den Rückruf auf später, mein Kopf war nicht frei dafür. Die Gefühle für meinen Vater, die in diesen Minuten hochkamen, beschäftigten mich zutiefst – trotz all der Enttäuschungen in den vergangenen Jahren liebte ich ihn noch immer sehr.

Mir ohne seine Zustimmung ein Ticket zu besorgen, die Auslandsauskunft anzurufen und solange zu suchen, bis ich sie fand, irgendwo in jener Stadt, die in meiner Erinnerung lebte – es würde nicht das gleiche sein. Ich würde als Fremde kommen, nicht als seine Tochter; ich würde ihn verteidigen oder für seine Entscheidungen geradestehen müssen, es würde kein guter Anfang sein. Ich wollte mit seinem Einverständnis auf sie zugehen, wollte, dass er es guthieß. Ich brauchte seine Worte, sein »Fahr zu ihnen, Elena«, ich brauchte es dringend, um meine Unsicherheit zu besiegen.

Doch was war, wenn er mich mit seinem Brief daran hindern wollte? Ich hatte Jahre benötigt, um an diesen Punkt zu gelangen. Ohne Miriam hätte ich vielleicht doppelt so lange gebraucht.

»Elena, bitte verzeih, dass ich mir so lange Zeit für diese Zeilen genommen habe. Ich hätte es Dir bereits vor Jahren erzählen sollen, als ich mit dem Brief aus Barcelona in Deinem Zimmer stand. Du hattest mich darum gebeten, doch ich habe nicht auf Dich gehört ...«

Ich saß auf dem Bett, die zwei eng beschriebenen Briefbogen in den Händen. Das Zimmer drehte sich und verschwamm mir vor den Augen. So lange, zu lange hatte ich darauf gewartet, dass er auf mich zukam und das Thema zur Sprache brachte, immer vergeblich.

»Manchmal ist es leichter zu schweigen, als die Wahrheit auszusprechen, auch wenn ich mich damit schuldig gemacht habe, an Dir und an Oliver ...«

Meine rechte Hand ballte sich zur Faust und zerknüllte den Brief. Nicht ein einziges Mal seit Olivers Tod hatte er seinen Namen mir gegenüber erwähnt, nicht ein einziges Mal, seit jener schrecklichen Nacht; ihr zuliebe hatte er geschwiegen, um der Lüge willen, die sie lebte. Doch woher wollte ich wissen, ob mein Vater nicht versucht hatte, mit ihr darüber zu reden, wieder und wieder, während ich gar nicht zu Hause gewesen war, durch die Stadt zog auf der Suche nach etwas, das ich nicht fassen konnte? Das Bewusstsein, dass die Nähe fehlte, die ich mit Oliver gelebt hatte, war dagewesen, all die

Jahre hindurch, doch verschwommen und ungreifbar, wie in dichten Nebel gehüllt.

Woher nahm ich das Recht, ihm vorzuwerfen, seinen einzigen Sohn vergessen zu haben? Ich hatte ihn nicht durch seine einsamen Nächte begleitet, allein in seinem Arbeitszimmer im Erdgeschoss, vorgeblich mit seinen Akten befasst, um dem Blick seiner Frau nicht ausgeliefert zu sein, um sie nicht zu verletzen. Ich wusste nicht, ob er nicht genauso geweint hatte wie ich, heimlich und im Verborgenen, über den doppelten Verlust. Seinen Sohn und seine Familie hatte er verloren, nichts war ihm geblieben außer ihr und mir. Und wenn er auch an Olivers Tod unschuldig war, so musste er doch mit der Gewissheit leben, seine Wurzeln preisgegeben zu haben, und mit den bohrenden Selbstzweifeln, ob die Entscheidung, den Kontakt nach Spanien abzubrechen, richtig gewesen war. Vielleicht hatte er sich längst geschämt für seinen mangelnden Mut, ihr gegenüberzutreten und sich zu behaupten, so wie ich mich manchmal seinetwegen geschämt hatte, wenn sie ihn vor meinen Augen abgekanzelt hatte. Die übergroße Liebe zu seiner Frau – konnte man ihm dies zum Vorwurf machen?

Ich glättete die Briefbogen und fuhr fort zu lesen.

»Glaub mir, ich habe Oliver nicht vergessen, auch wenn es Dir vielleicht so erscheint. Ich habe Eure Mutter sehr geliebt, Elena, und ich tue es noch. Ich weiß, das ist keine Entschuldigung, aber vielleicht wirst Du es eines Tages verstehen. Sie schien immer zu wissen, was richtig ist, für Euch beide, für mich. Ich war stolz auf diese Zielstrebigkeit, mit der sie unser gemeinsames Zuhause und unsere Zukunft geplant hat. Ich war überzeugt, ihre Abneigung meiner Familie gegenüber würde sich legen, später einmal, und dann würde noch genug

Zeit sein, um Euch zu zeigen, woher ich kam, woher mein Vater kam. Dass ich dies versäumt habe, später, als er krank wurde und starb, und noch später, als Ihr beide älter wurdet und begannt, Fragen zu stellen, ist mein größter Fehler. Dabei habe ich jedesmal, wenn ich in Deine Augen sah, meine Schwester Inés gesehen. Du siehst ihr nämlich ähnlich, Elena. Du wirst Dich vielleicht fragen, woher ich das weiß. Ich habe sie angerufen, kurz nach dem Unfall, habe ihr alles erzählt. Seitdem schreiben wir uns, schicken uns Fotos. Eure Mutter wäre entsetzt gewesen. Sie hat meine Familie immer für primitiv gehalten. Aber das stimmt nicht, Elena, es hat nie gestimmt! Sie haben vielleicht nicht studiert, aber sie arbeiten hart, und sie sind laut und fröhlich und lieben ihre Familie. Sie sind Katalanen, und vielleicht wirst Du eines Tages begreifen, was das bedeutet – nämlich stolz zu sein auf das, was man ist, ohne Wenn und Aber. Ich wünsche es mir auch für Dich, Elena.«

Als letztes ganz klein ein Name, Inés, und eine Telefonnummer mit spanischer Vorwahl. Ich starrte darauf, bis meine Augen brannten. So plötzlich hielt ich die Möglichkeit in den Händen, und auf einmal fehlten mir die Worte, der Mut. Was konnte ich Inés sagen, nach siebzehn langen Jahren? Doch da war der Wunsch, die Unruhe, die Erinnerung an die Zeit in Barcelona, das Bewusstsein, dass noch immer jemand an mich dachte.

Ich holte mir ein Glas Wein aus der Küche, legte eine CD ein und setzte mich mit gekreuzten Beinen aufs Bett. Innehalten, den Augenblick auskosten. Die Tangomusik drang durch den Raum, der Wein dunkelrot, schwer und kräftig. Ein Neuanfang eröffnete sich an diesem ganz gewöhnlichen Tag, normaler Alltag für Hunderte von Menschen ringsum.

Ein neues Gefühl in meinem Bauch, verhalten, aber nicht zu leugnen. Glücksgefühl, Freude auf das, was vor mir lag. Die Telefonnummer einer Frau im Süden Europas, die auf mich wartete, auf meinen Anruf wartete, jederzeit. Ich brauchte nur nach dem Telefonhörer zu greifen.

10

Zwei Tage vergingen, ehe ich soweit war, Inés anzurufen. Achtundvierzig Stunden erfüllt von Hochgefühl und Zweifeln, ehe ich die Anspannung nicht mehr aushielt und an einem Nachmittag zwischen Verlag und Bar ihre Nummer wählte.

Ihre Stimme klang herb und fremd, dennoch warmherzig. Mein Spanisch war eingerostet, doch noch nicht ganz verloren. Noch etwas, das mein Vater neben meinem Namen durchgesetzt hatte: Ich hatte Spanischunterricht erhalten, zumindest für einige Jahre. Später dann war der Unterricht eingestellt worden, ebenso wie unsere Ferien an der Costa Brava und in Barcelona. Estela, meine Lehrerin, war eine Frau gewesen, die gern lachte, klein, höchstens einen Meter sechzig, dabei schlank und drahtig, mit einem pechschwarzen Pagenkopf. Ich hatte die Stunden bei ihr immer herbeigesehnt, ganz im Gegensatz zu meinem Schulunterricht.

Inés wusste sofort, wer ich war, und ich begriff, dass er sie informiert hatte. Um es mir leichter zu machen? Um sich selbst in ein besseres Licht zu rücken? Meine Gefühle waren zwiespältig. Keine überschwengliche Freude, kein Wiedererkennen auf Anhieb, statt dessen vorsichtiges Abtasten. Beschwerliche Konversation, im Hinterkopf das Wissen, dass sie die Schwester meines Vaters war. Ich versuchte mich an sie zu erinnern, an die Frau, die ich vor siebzehn Jahren gekannt hatte. Verschwommene Bilder: langes schwarzes Haar, dunkle Augen hinter einer Brille, eine untersetzte Gestalt, ein fröhliches Lachen, ein kaum je versiegender Redeschwall, die Worte mit temperamentvollen Gesten unterstrichen, kleine Hände mit unzähligen Goldringen und Armreifen, die bei jeder Bewegung leise klirrten. Dieses Geräusch hatte ich nie vergessen.

»Willst du herkommen?« fragte sie schließlich, und ich nickte, noch ehe ich die Tragweite meine Entscheidung begriff.

»Ja. Wenn es euch recht ist.«

»Natürlich ist es uns recht! Komm, wann immer du magst. Am besten sofort!«

»Sofort?«

»Ja, Miguel hatte vor zwei Tagen einen Herzinfarkt. Du erinnerst dich doch noch an ihn? Den Bruder deines Großvaters?«

Die Erinnerung an ihn war noch schwächer – ein älterer Mann, schon damals, mit ergrauendem Haar, groß und massig, der Patriarch des Hauses am Rande von Barcelona und mir als kleinem Mädchen sehr fern.

Ich beschloss, an einem Donnerstagabend zwei Wochen später zu fliegen. Erst als ich mir online einen Flug gebucht hatte, nahm mir mein Mut den Atem, und da war es zu spät, um meine Entscheidung zurückzunehmen. Ich wollte es tun, allen Ängsten zum Trotz. Wenn nicht jetzt, wann dann?

Der Anruf bei Miriam kurz und hastig, sie musste zum Unterrichten in die Ballettschule. Wieder einmal blieb mehr ungesagt, als gut war. Ich tröstete mich mit dem Gedanken an das anstehende Wochenende. So viel geschah mit mir in so kurzer Zeit, und Miriam war so weit weg, dass es weh tat. Ich wollte sie an meiner Seite haben. Und ich wollte die Entwicklung, die sie in Gang gebracht hatte. Doch der Weg zu entspannter, vertrauter Zweisamkeit erschien für den Moment unmöglich.

Am nächsten Mittag wieder der Bus nach Hamburg, meine Schläfe gedankenverloren gegen die kühle Fensterscheibe gepresst, die Wiesen zogen monoton an mir vorüber, schlammig, es hatte die ganze Nacht geregnet. Ich war innerlich bereits mehr in Spanien als auf der Autobahn nach Hamburg, war in Gedanken weit weg und lediglich körperlich anwesend.

Tim würde den ganzen Tag bei seinem Vater verbringen, wie öfter in letzter Zeit. Zwar lag es mir fern, Tim dies nehmen zu wollen, doch Miriams Eröffnung, dass Daniel um seinen Part am Sorgerecht klagen wollte, hatte bei mir ein ungutes Gefühl hinterlassen. Ihre Erzählungen und die Tatsache, dass er sie so kalt und herablassend wie möglich behandelte, machten ihn mir nicht gerade sympathischer. Was wäre, wenn er vor Gericht gewann und sie somit daran würde hindern können, mit Tim Hamburg zu verlassen? Was das für die Zukunft unserer Beziehung bedeuten konnte, mochte ich mir nicht einmal vorstellen. Wir lebten für den Moment, ein Herzschlag nach dem nächsten.

Genieße den Augenblick, hörst du?

Die Weisheit ihrer Worte wurde mir mit jedem Tag bewusster.

Ich wusste, was mich erwartete. Ich kannte Tim mittlerweile gut genug. Jedesmal, wenn er von Daniel zurückkam, war er weinerlich oder bekam bei der kleinsten Gelegenheit einen Wutausbruch. Er tat mir leid, wenn ich ihn so sah, die kleinen

Fäuste geballt, die Stirn in Falten gezogen, unglücklich über sein Los, die Trennung seiner Eltern. Zwei Tage voller Anspannung standen uns bevor, und dennoch hoffte ich inständig, dass sich eine Gelegenheit ergeben würde, Miriam von meinen Spanienplänen zu erzählen. Am Telefon war es nicht möglich gewesen. Zu nah war mir das Gespräch mit Inés gegangen. Das Flugticket in meiner Tasche war noch immer mein Geheimnis, nicht einmal Richard wusste davon.

In der U-Bahn voller müder Berufstätiger, die nichts als nach Hause wollten, erreichte mich eine SMS von ihr: »Hole Tim vom Spielplatz ab. Komm bitte nach.«

An der Bushaltestelle schulterte ich meine Reisetasche und machte mich auf den Weg. Ein frischer Wind wehte, und ich fühlte mich gut, allein in Hamburg unterwegs zu sein, allein für den Augenblick, ohne Erwartungen und Erinnerungen, einfach nur einen Fuß vor den anderen zu setzen und zwischen den Häuserreihen entlangzuspazieren, vertraut, in jeder Großstadt ähnlich, dennoch einzigartig. Ich begann mich mit diesem Ort zu versöhnen, was ich nie für möglich gehalten hatte. Ein Teil der Vergangenheit verlor langsam seinen Schrecken, ging mich immer weniger an, je länger ich in Berlin lebte und mein eigenes Leben führte.

Ich machte einen Umweg, um den Nachmittag auszukosten, und kam später am Spielplatz an, als ich erwartet hatte. Trotz des ungewohnt kühlen Wetters wimmelte es nur so von kleinen Kindern und ihren Eltern, zumeist Müttern, die sich teils gestresst, teils in Gespräche vertieft am Rand niedergelassen hatten. Dennoch entdeckte ich Tim ziemlich schnell. Er saß allein auf der Schaukel, den Kopf gesenkt, und bohrte mit den Füßen in den Sand. Ich wurde auf der Stelle stutzig – normalerweise liebte er es zu schaukeln. Ich erinnerte mich noch genau an sein vergnügtes Kreischen, als ich ihn bei meinem letzten Besuch angestoßen hatte. Auf der Suche nach Miriam ließ ich meinen Blick über den Platz schweifen. Übermüdete, glückliche, gleichgültige Gesichter, doch keine Spur von ihr. Dann endlich entdeckte ich ihre schmale Gestalt neben dem Klettergerüst. Sie war nicht allein.

Ein Mann sprach mit ihr. Er trug einen Anzug mitsamt Krawatte; er wirkte vollkommen deplaziert an diesem Ort und strahlte dennoch eine Souveränität aus, als gehörte der Spielplatz ihm. Daniel, Tims Vater, es stand außer Frage. Keiner von den dreien hatte mich bis dahin bemerkt. Ich konnte verschwinden und eine halbe Stunde später wiederkommen, mein erstes Auftauchen verschweigen und das Wiedersehen von vorn beginnen. Oder ich konnte aufhören, mich noch länger aus ihrem Leben herauszuhalten.

Ich entschied mich für letzteres und näherte mich Miriam und Daniel langsam.

Beide sprachen so laut und mit so viel unterdrücktem Zorn und offener Frustration, dass ich schon bald jedes Wort verstand. Sie schienen sich nicht das geringste daraus zu machen, ob andere sie hören konnten.

»Daniel, hör zu! Ich will dir nicht verbieten, dich mit dieser oder jener Frau zu treffen. Ich will bloß nicht, dass diese Martina bei dir schläft, wenn Tim über Nacht bei dir ist. Verstehst du? Er kann damit noch nicht umgehen!«

Daniel schnaubte verächtlich.

»Ja, verdammt, ich versteh dich schon. Aber was ist mit dir? Er hat mir erzählt, dass andauernd eine Freundin von dir bei euch übernachtet. Was soll das, Miriam? Ist das etwas Ernstes? So wie damals mit Bea?«

Seine Stimme klang unangenehm, kalt und höhnisch zugleich. Ich begriff plötzlich, warum sie Angst vor ihm hatte, Angst vor dem, was er bewirken konnte, vor seinen beruflichen Beziehungen, schließlich war er selbst Anwalt. Es gefiel mir nicht, sie in dieser Position zu sehen. Es gefiel mir ganz und gar nicht.

»Unsinn!«

Er lachte.

»Du kannst mir nicht verbieten, was du selbst tust, klar? Das funktioniert nicht, Miriam!«

Ihre Stimme wurde flehentlich. Ich hatte sie noch nie so erlebt, so hilflos und aus der Fassung gebracht. Es tat weh, und doch wusste ich nicht, ob ich ihr helfen sollte, helfen konnte, oder ob ich mit meinem Eingreifen alles nur verschlimmern würde.

»Hör zu, sie ist nichts als eine Freundin! Glaub mir! Ich werde mir doch wohl noch eine Freundin übers Wochenende einladen dürfen. Und sie kann wirklich gut mit Kindern umgehen.«

Ich drehte mich um und ging zu Tim hinüber. Plötzlich war es mir egal, ob sie mich sah. Der Nachgeschmack ihrer Worte war bitter. Ich spürte, er würde für lange Zeit bleiben.

Tim starrte mich einen Moment ungläubig an, als er mich entdeckte, dann stürmte er auf mich zu und umarmte mich. Er barg sein sandiges Gesicht an meinen Beinen, und ich beugte mich hinunter und vergrub meine Nase in seinem sonnengewärmten Haar.

»Elena! Bist du gekommen, um mich zu sehen?«

Ich zögerte eine Sekunde. Dann strich ich ihm über den Kopf.

»Ja. Ja, ich wollte dich noch mal sehen.«

»Gehst du weg, Elena?«

Er verstand viel mehr, als ich geahnt hatte. Ich ging in die Hocke und nahm ihn in die Arme.

»Ja, aber nicht jetzt gleich. Ich werde für zehn Tage zu meiner Familie fahren, nach Spanien. Ich habe sie lange nicht gesehen. Weißt du, wo Spanien ist?«

Er schüttelte den Kopf, umklammerte meinen Hals für einen Moment so fest, dass es weh tat, dann ließ er plötzlich los und rannte zu Miriam, und dabei rief er mit heller, sich vor Aufregung überschlagender Kinderstimme:

»Mama, Mama, Elena ist da!«

Sie sah zu mir herüber und erstarrte. Dann wechselte sie noch einige wenige Worte mit Daniel, bevor sie sich aus dem Schatten des Klettergerüstes löste und auf uns zukam, während Daniel in Richtung Parkplatz davonging, ohne sich von seinem Sohn zu verabschieden.

»Hey!««

Sie stand vor mir, mit hängenden Schultern, ihre Bewegungen waren müde und ohne die sonstige Energie, die mich stets so fasziniert hatte.

»Warum hast du das gesagt? Warum hast du das zwischen uns geleugnet?«

Meine Stimme klang härter, als ich es beabsichtigt hatte, zu tief ging die Enttäuschung.

»Du weißt genau, warum ich das getan habe.«

Ihre Stimme war so leise, dass ich sie kaum verstand.

»Nein! Sag es mir! Ich bestehe darauf!«

»Es geht Daniel nichts an, was zwischen dir und mir ist. Außerdem hat er in der letzten Woche jeden verdammten Abend angerufen und einen Streit vom Zaun gebrochen. Er will unbedingt seinen Part am Sorgerecht, seitdem er mit seiner neuen Freundin zusammen ist. Das ist heutzutage üblich bei Scheidungen, solange während der Ehe keine Gewalt oder so im Spiel war.«

Sie fing an zu weinen, wischte sich die Tränen jedoch zornig fort. Als ich sie in den Arm nehmen wollte, stieß sie mich kopfschüttelnd zurück und ging davon, hinüber zu Tim, der laut heulend auf dem Parkplatz stand. Ich blieb allein zwischen Schaukel und Sandkasten zurück, eine fremde Welt. Barcelona war so weit weg wie eh und je, und ich drehte mich um und fuhr zurück in die Stadt, lief für einige Stunden ziellos umher und fühlte mich zerrissen, gekränkt und traurig zugleich, bis ich abends wieder vor ihrer Tür stand.

Ein lautes, ein zorniges Wochenende folgte. Miriam machte ihrer Enttäuschung, ihrem Frust Luft, indem sie unablässig durch die Küche schritt, sobald Tim den Raum verließ. Sie weinte und fluchte, schlug mit der Faust auf den Tisch, dass sie sich selbst weh tat, doch sie wollte sich abreagieren und gab mir das Gefühl, dass sie da ganz allein hindurch musste.

»Wie kann ich dir helfen?« fragte ich ratlos.

Sie drehte sich um und fuhr mich an. »Gar nicht!«

»Bist du dir sicher?«

Für eine Sekunde funkelte sie mich an, dann brach sie zusammen.

»Es tut mir leid«, flüsterte sie, ließ den Kopf hängen und stand da, als ob jemand sie geschlagen hätte.

»Es tut mir leid.«

Ich stand auf, ging zu ihr und nahm sie endlich in die Arme. Sie lehnte sich schwer an mich.

»Ich muss dir etwas sagen«, murmelte ich in ihr Haar und hoffte inständig, dass sie sich genauso freuen würde wie ich. Schließlich war sie diejenige gewesen, die mich ermutigt hatte, den Kontakt zu meiner Familie in Spanien wiederaufzunehmen.

»Ich werde nach Barcelona fahren.«

Sie wurde plötzlich steif in meinen Armen.

»Wann?«

»In knapp zwei Wochen. Ich habe mit meiner Tante telefoniert, und sie hat gesagt, ich könne jederzeit kommen. Am besten allerdings sofort. Mein Großonkel hatte nämlich einen Herzinfarkt.«

Sie seufzte, als hätte man ihr soeben eine Last auf die Schultern geladen.

»Was ist?«

Sie streichelte meinen Rücken, sanft und liebevoll.

»Nichts. Ich freue mich für dich, Elena. Wirklich.«

Ich wurde das Gefühl nicht los, dass etwas an diesem Abend ungesagt blieb. Doch Miriam schwieg beharrlich und ließ sich nicht bewegen, mehr preiszugeben.

Wir saßen noch eine Stunde am Küchentisch, starrten in die Kerzenflamme und tranken ein Glas Wein; dann gingen wir ins Bett, jede auf ihre Seite, jede in ihren eigenen Gedanken gefangen, und glitten in den Schlaf hinüber.

Es war das erste Mal, dass wir nicht miteinander schliefen.

Es war kalt auf dem Flughafen Berlin-Tegel, ungewohnt nach der Wärme des Sommertages draußen, die Klimaanlage leistete ganze Arbeit. Ich fröstelte in meinen Dreiviertelhosen und dem T-Shirt und zog mir schnell meine Jacke über, doch es half wenig. Die Müdigkeit saß mir in den Knochen; ich hatte die halbe Nacht wachgelegen und gegrübelt, war zwischen Aufregung und Angst vor dem kommenden Tag hin- und hergeschwankt. Ich holte mir einen überteuerten Kaffee, um meine Lebensgeister zu wecken, vergeblich, und reihte mich in die Schlange am Schalter ein.

Als ich nur noch zwei Meter von der freundlich lächelnden Dame vom Bodenpersonal und damit von meiner Bordkarte entfernt war, klingelte mein Handy. Entnervt drückte ich den Anruf weg, drei Mal insgesamt, bis ich endlich eingecheckt und mein Gepäck aufgegeben hatte. Ich sah auf das Display: Miriams Nummer, doch jetzt schwieg das Handy hartnäckig. Sollte ich sie zurückrufen?

Ich stand vor der Anzeigentafel und wartete mit etlichen Dutzend anderer Passagiere darauf, dass mein Flug von der gekünstelt klingenden Stimme aus dem Lautsprecher aufgerufen wurde, als es erneut klingelte. Diesmal ging ich sofort ran.

»Ja?«

Eine atemlose Stimme, hörbar erregt.

»Endlich! Bist du schon am Flughafen?«

»Ja, ich wollte gerade ...«

»Hör zu, Elena, ich muss dir etwas sagen!«

Beinahe hätte ich gesagt: Endlich! Doch ich schwieg und wartete ab.

»Ich habe am Wochenende nichts davon erzählt, weil ich dir die Vorfreude nicht verderben wollte. Du warst so glücklich, und ich dachte ... Ach, ich weiß auch nicht. Mensch, ich bin eine blöde Kuh!«

Wider Erwarten musste ich grinsen, gab mir jedoch Mühe, es mir nicht anmerken zu lassen. Miriam konnte unheimlich schnell wütend werden, wenn sie das Gefühl hatte, dass man sich über sie lustig machte.

»Okay. Sag es mir einfach, ja?«

»Der Sorgerechtsprozess ist am Montag. Diesen Montag.«

Ich ließ mich auf den nächsten freien Plastiksitz fallen. Ich spürte, wie der Zorn in mir wuchs mit jeder Sekunde, die verstrich. Ich fühlte mich nicht zum ersten Mal ausgeschlossen, doch diesmal geschah es zu einem Zeitpunkt, wo ich mich bemühte, sie an dem, was in meinem Leben geschah, teilhaben zu lassen.

»Das ist nicht dein Ernst, oder?«

»Doch. Es tut mir leid, Elena, aber ich hatte das Gefühl, dass dieser Besuch von enormer Bedeutung für dich ist. Deshalb habe ich nichts gesagt. Ich wollte nicht, dass du deine Pläne überdenkst. Es ist dir doch so wichtig, zu deiner Familie nach Spanien zu fahren.«

»Wichtiger als du und Tim?«

»Vielleicht?« Ihre Stimme war sehr leise geworden.

»Miriam, das war falsch! Du weißt genau, dass ich nach Hamburg gekommen wäre, um dir beizustehen. Du weißt genau, dass ich nicht nach Spanien gefahren wäre, wenn ich es gewusst hätte.«

»Genau das wollte ich nicht. Ich will nicht, dass du da auch noch hineingezogen wirst.«

Ihre Worte trafen mich, als hätte sie mir in den Magen geboxt. Fort war meine freudige Aufregung; statt dessen Schmerz und Enttäuschung, Frustration. Selten in meinem Leben hatten mich Worte dermaßen verletzt.

»Weißt du was, Miriam? Vielleicht ist es an der Zeit, dass du dir überlegst, ob du mich in deinem Leben überhaupt haben willst.«

Ich beendete das Gespräch und schaltete das Handy aus. Dann nahm ich wie in Trance meinen Rucksack und ging zu meinem Gate. Es war noch Zeit bis zum Boarding, doch ich wollte mir selbst die Chance nehmen, zurückzublicken, umzukehren.

Barcelona
August 2002

11

»Einen Martini, bitte.«

Wir hatten den Start gerade hinter uns gebracht, die Wiesen unter uns wurden zu einem einheitlichen graubraunen Teppich und verschwanden schließlich ganz unter der Wolkendecke. Die Flugbegleiterin, die meine Bestellung entgegengenommen hatte, lächelte professionell und reichte mir meinen Drink. Ich wusste, dass der Alkohol mir nicht bekommen würde, doch es war mir gleichgültig.

Als ich später zur Toilette ging, fiel mir der Brief an meinen Vater wieder ein, der sich noch in meiner Hosentasche befand. In wenigen Zeilen bat ich ihn, sich einmal mit Miriams Fall zu befassen. Zwar hatte er sich dem Wunsch meiner Mutter entsprechend schon vor Jahren auf Steuerrecht spezialisiert, doch sein ursprüngliches Fachgebiet war Familienrecht gewesen. Es wäre das erste Mal gewesen, dass ich ihn in juristischen Fragen um Rat gebeten hätte. Ich holte den Brief hervor und betrachtete ihn einen Moment lang; dann zerriss ich ihn in winzige Schnipsel, warf ihn in die Toilette und sah zu, wie er irgendwo zwischen Berlin und Barcelona auf Nimmerwiedersehen verschwand.

Ein kurzer Schlaf, Erinnerungen an einen Urlaub, der siebzehn Jahre zurücklag. Straßenzüge, die am Fenster des Wagens vorüberglitten, gelblichbraune Mauern, Palmen, Parkbänke, der Blick über Barcelona von der Dachterrasse eines Hauses in der Innenstadt aus, zusammen mit anderen Touristinnen und Touristen: bunte Mosaike vor einem einheitlichen Häusermeer, hier und da Türme, seltsam geformte Fassaden, Alleen und hinter allem das Meer, blau, so blau, weit und hell im Sonnenlicht, so strahlend, dass ich die Augen schließen musste.

Mein Sitznachbar weckte mich, als der Landeanflug begann. Ich war verschwitzt trotz der Klimaanlage und sehnte mich nach einer Dusche, nach Bewegung, frischer Luft. Eine halbe Stunde kreisten wir über dem Flughafen El Prat, ehe wir schließlich zur Landung ansetzten. Es war früher Abend, und in Barcelona schien noch immer die Sonne.

Ich erkannte Inés hinter der Absperrung sofort, obwohl sie inmitten eines Pulks von Menschen stand. Sie besaß die gleichen Züge wie ihr Bruder, mein Vater. Ihr dichtes schwarzes Haar, früher lang, reichte ihr nur noch bis zum Kinn und war von ersten grauen Strähnen durchzogen; sie hatte merklich abgenommen und trug eine schmale rechteckige Brille, die sehr modern wirkte. Der Goldschmuck fehlte, doch ansonsten glich sie noch immer der Frau aus meiner Erinnerung, redselig, fröhlich, warmherzig.

»Elena?«

Sie strahlte.

»Ja.«

Sie nahm mich in die Arme und drückte mich so fest an sich, dass es beinahe weh tat. Dann schob sie mich ein Stück von sich, ohne meine Schultern loszulassen, und betrachtete mich prüfend.

»Wie geht es dir? Wie war der Flug? Meine Güte, du bist ja erwachsen geworden!«

Sie nahm mich am Arm und zog mich durch die Ankunftshalle zum Ausgang in Richtung Parkplatz, wobei sie geschickt

Kofferansammlungen und wartenden Großfamilien auswich. Dabei redete sie in einem fort dermaßen temperamentvoll auf mich ein, dass ich kaum die Hälfte verstand.

»Alle können es kaum erwarten, dich zu sehen! Du hast doch sicher Hunger nach der langen Reise, oder?«

»Ja. Ja, ich ...«

»Wir haben *arròs negre* gemacht, schwarzen Reis. Du magst doch Fisch?«

»Ja, klar.«

»Das ist gut, daran wirst du hier nicht vorbeikommen, weißt du ...«

Als wir aus dem Flughafengebäude traten, traf mich die Hitze wie ein Schlag. Ich spürte, wie meine Knie weich wurden und um ein Haar nachgegeben hätten. Ich hatte den ganzen Tag nichts essen können vor lauter Aufregung und im Flugzeug mein eingeschweißtes Abendessen an meinen Nachbarn weitergereicht. Ich sehnte mich nach einer Zigarette, um meine zitternden Finger zu beruhigen, und wusste doch, dass auch sie mir nicht guttun würde.

Wir gingen auf einen alten Mercedes zu. Inés verstaute schwungvoll mein Gepäck, stieg ein, öffnete mir von innen die Tür und schaltete das Radio ein. Dann fädelte sie sich mit einer Lässigkeit, die jahrelange Übung verriet, in den abendlichen Verkehrsstrom ein, ohne dabei ihren Wortschwall auch nur eine Minute abreißen zu lassen. Dabei schien sie zufrieden, wenn ich von Zeit zu Zeit »sí« oder »no« sagte und mich ansonsten zurücklehnte und das Bild, das sich mir bot, auf mich wirken ließ.

Mein erster Eindruck war: laut, stinkend, überfüllt, eine typische südländische Großstadt. Erst nach und nach kristallisierten sich einzelne Bilder heraus, Momentaufnahmen, von denen ich wusste, es würde sich lohnen, näher hinzuschauen. Nichts hatte sich verändert seit meinem letzten Besuch, und doch schien jedes Gebäude geschrumpft zu sein. Erst nach einer Weile begriff ich, dass nicht die Häuser geschrumpft waren, sondern dass ich gewachsen war. Perspektivwechsel. Doch zu wenig Zeit für bleibende Erinnerungen.

Ein Vorort, eine ruhige Seitenstraße, inmitten anderer Einfamilienhäuser ein großes weißes Haus. Miguels Villa, das Haus des Bruders meines Großvaters. Drei Mal hatte ich die Sommerferien hier verbracht, ich hätte es unter Tausenden wiedererkannt.

Im Flur hatte sich eine kleine Menschenmenge versammelt, unbekannte Gesichter größtenteils, höchstens hier und da ein kurzes Aufblitzen der Erinnerung. Miguel war nicht dabei, er befand sich noch im Krankenhaus, wie ich von Inés mittlerweile erfahren hatte, doch er war an diesem Tag von der Intensivstation auf die normale Station verlegt worden und außer Lebensgefahr.

Ich war dankbar für die Anwesenheit meiner Tante; sie gab mir Halt inmitten all dem Neuen, Unbekannten. Mit ihr hatte ich schließlich bereits mehrmals telefoniert. Zahlreiche Umarmungen und Küsse folgten in den nächsten Minuten, dazu eine Menge Namen, die ich gleich wieder vergaß. Das Gefühl von Fremdheit, obwohl sie alle lächelten und sich augenscheinlich freuten, mich zu sehen. Für die Älteren, die sich noch gut an Antonios kleine Tochter erinnern konnten, schienen die Jahre nicht mehr Bedeutung zu haben als ein paar Monate. Die gleichen Fragen, die gleichen Kommentare wie damals – »Wie geht es dir?«, »Groß bist du geworden!«, »Schön, dass du da bist!«.

Die Erkenntnis trotz der Müdigkeit schmerzhaft klar in meinen Gedanken: Ich war für sie immer dagewesen, war immer ein Teil der Familie gewesen, wohingegen ich eine Zeitlang meiner Mutter Glauben geschenkt und mich ihnen nicht zugehörig gefühlt hatte. Ich bekam ein Glas Sekt in die Hand gedrückt und wurde ins Wohnzimmer geschoben, gespannte Blicke, erwartungsvolle Mienen. »Erzähl, wie geht es Antonio? Was macht er so?«

Das Abendessen als Rettungsanker, ein Moment der Stille, der Sekt war bereits in meinem Hirn angekommen. Es gab reichlich von allem, und ich sehnte mich für eine Weile zurück in die Geborgenheit und Einsamkeit meiner Wohnung in Berlin. Doch Inés griff nach meiner Hand.

»Ich weiß, wie du dich fühlst«, flüsterte sie und zwinkerte mir zu. »Keine Sorge – lass sie alle noch ein Glas trinken, und dann kannst du dich unbemerkt ins Bett stehlen. Und morgen gibt es schon wieder ein neues Gesprächsthema, glaub mir.«

»Habe ich schon gesagt, wie dankbar ich dir bin?«

Sie winkte ab.

»Lass uns morgen in Ruhe über alles reden, ja? Ich habe mir den Vormittag freigenommen, um dich zu Miguel in die Klinik zu begleiten und dir anschließend die Stadt zu zeigen, damit du dich zurechtfindest. Oder kennst du dich noch aus?«

Sie lächelte. Eine Spur von Leichtigkeit kehrte in meine Brust zurück.

»Nein. Ich fürchte, nein.«

Eine Stunde später zeigte sie mir endlich mein Zimmer.

»Wer wohnt sonst hier?«

Die Kleider, die überall herumliegenden Bücher verrieten, dass das Zimmer in aller Eile für mich geräumt worden war.

»Rosalia. Du wirst sie wahrscheinlich morgen kennenlernen. Sie ist Miguels einzige Enkeltochter und studiert in Barcelona. Mach dir keine Gedanken. Sie schläft ohnehin oft bei ihrem Bruder.«

Inés trat an das geöffnete Fenster und schob die weißen Gardinen zur Seite, so dass der Mond ins Zimmer fiel und es in ein unwirkliches Licht tauchte. Im Profil sah sie meinem Vater so ähnlich, dass ich beinahe erschrak. Seine Stirn, seine Nase, seine vollen Lippen, so viel Nähe, wo ich so viel Distanz vermutet hatte.

Sie beobachtete ein vorbeifahrendes Auto und seufzte müde; dann fuhr sie sich mit der Hand über die Augen und sah auf die Uhr, als wäre sie soeben aus einem Traum erwacht.

»Normalerweise haben wir ein Gästezimmer für Besuch, aber Teresa ist vorgestern nacht zurückgekommen. Eine Cousine von mir«, fügte sie hinzu, als sie mein fragendes Gesicht sah. »Sie hat ihren Mann verlassen, ganz plötzlich, mitten in der Nacht. Er ist von einem Kongress in London nicht allein zurückgekehrt. Ich denke, Miguel ist froh, dass sie zurück ist – er hat Mario nie gemocht.«

Zu viele Namen für einen Abend, und gleichzeitig ahnte ich: So mussten sich Geborgenheit und Verantwortung in einer Familie anfühlen.

»Tut mir leid, es ist spät geworden, Elena. Schlaf dich erst mal richtig aus, ja? Ich wecke dich gegen halb zehn, falls du bis dahin nicht unten bist.«

»Keine Sorge – ich schlafe nie so lange.«

Sie lächelte nur und zog die Tür hinter sich ins Schloss.

Allein. Ich warf mich auf das weiche Bett, ohne mich auszuziehen, und löschte das Licht. Die Schatten der Platanen, die die

Straße säumten, tanzten im Scheinwerferlicht gelegentlich vorüberfahrender Autos über die Zimmerdecke. Ich sah ihnen zu, hellwach auf einmal. So viele Gedanken, die mich nicht zur Ruhe kommen ließen, trotz der späten Stunde.

Verzweifelt versuchte ich, die Erinnerungen aus meiner Kindheit zurückzuholen, scheiterte aber immer wieder an demselben Punkt. Der Geruch im Haus, der Garten, der Lärm der Straße, all das erinnerte ich noch, als wäre es erst gestern gewesen. Das Klirren der Armreifen an Inés' Handgelenk, die Blätter der Platanen und die Palmen vor den Fenstern, der Geschmack des Essens. Was mir fehlte, waren die Menschen, die das Bild lebendig machten. Gedankensplitter und Gesprächsfetzen, nicht mehr, so sehr ich mich auch bemühte – als wäre meine Erinnerung durch meine Mutter ausgelöscht worden. Drei Mal glückliche und unbeschwerte Ferienwochen. Das erste Mal war sie mitgekommen, danach nie wieder, und dann der Bruch – keine Ferienfahrten nach Spanien mehr, urplötzlich, unverständlich für ein achtjähriges Mädchen, die auf ihre Fragen nie zufriedenstellende Antworten erhielt.

Anfangs hatte mein Vater noch mit seinen Verwandten telefoniert, und zu Weihnachten und zum Geburtstag erhielt ich regelmäßig Karten, doch dann wurde all das seltener und schlief schließlich ganz ein. Kapstadt, Florida, wir fuhren überall hin, nur nicht nach Barcelona, und Oliver wunderte sich nicht, weil er noch zu klein dazu war.

Ich hatte immer geglaubt, das Thema wäre tabu, unantastbar, bis ich mit elf oder zwölf Jahren zufällig eine Unterhaltung meiner Eltern belauschte. Sie stritten sich, und ich stand im Schlafanzug auf der dunklen Treppe, allein, hochgeschreckt aus einem Alptraum.

»Wirklich, Christine, denkst du nicht, wir sollten wenigstens ein Mal mit ihm hinfahren? Es ist immerhin auch seine Familie!«

Meine Mutter hatte verächtlich geklungen.

»Nein, das denke ich keineswegs. Wozu sollte das gut sein? Oliver gehört hierher. Er kriegt sonst bloß Probleme später.«

Die Art, wie sie »Probleme« sagte, hatte ich nie vergessen.

»Wenn du meinst. Aber ich verstehe wirklich nicht, was du an ihnen auszusetzen hast.«

»Müssen wir das jetzt zum hundertsten Mal diskutieren? Du bist Anwalt, Antonio, in einer der renommiertesten Hamburger Kanzleien, und mein Vater hat dich nicht zu seinem Junior-Partner gemacht, damit du weiterhin den Kontakt zu dieser Schneider-Familie aufrechterhältst.«

»Sie sind keine einfachen Schneider – das weißt du genau!«

»Fakt ist, dass du einen Ruf zu verlieren hast. Bedenke, was deine Mandanten sagen würden, wenn sie erführen, dass du immer noch ...«

»Schluss damit, Christine, ein für allemal! Wer hier seinen guten Ruf ruiniert hat, brauche ich wohl nicht zu betonen, oder? Schließlich warst du es, die bei der erstbesten Gelegenheit mit meinem Cousin ins Bett gestiegen ist!« Die Stimme meines Vaters war so bitter, wie ich sie nie wieder gehört habe.

Ich setzte mich kerzengerade im Bett auf, mein Atem ging rasch, in der Dunkelheit unheimlich laut. Wie hatte ich es vergessen können? Wie hatte ich diesen entscheidenden Fingerzeig ignorieren können, auch wenn ich erst elf oder zwölf Jahre alt gewesen war? Hatte ich es mir schlichtweg nicht vorstellen können, dass meine unterkühlte Mutter etwas derartiges tat? Hatte ich es nicht glauben wollen und deshalb in mein Unterbewusstsein verbannt, bis heute? Hatte sie meinen Vater in Barcelona betrogen, und war das der Grund, warum sie nicht mehr hatte hierherkommen wollen? Um der Peinlichkeit zu entgehen? Um den Vorfall durch ihr hartnäckiges Schweigen ungeschehen zu machen, ebenso wie sie es später mit Olivers Tod versucht hatte?

Ich sah auf die Uhr. Es war nach Mitternacht. Dennoch probierte ich es und wählte ihre Nummer. Ich wollte, ich musste es wissen, jetzt, heute noch, nicht erst in ein paar Tagen. Ich war das Warten auf Antworten leid.

»Hallo?«

Ihre schlaftrunkene Stimme so nah an meinem Ohr, als würde sie bei mir auf der Bettkante sitzen.

»Ich muss es wissen, Mutter. Bitte sag mir die Wahrheit: Hast du Vater schon einmal betrogen, vor Jahren, hier in Spanien?«

Schweigen. Einen Augenblick lang befürchtete ich, die Leitung wäre tot, dann seufzte sie, und ich war erstaunt, dass es beinahe erleichtert klang.

»Dann weißt du es also endlich?«

»Was heißt hier endlich? Du hättest das Thema ja viel früher einmal ansprechen können.«

»Ich habe es nicht übers Herz gebracht, Elena. Ich habe mich geschämt, und ich wollte nicht, dass es jemand erfährt. Seine ganze Familie wusste es. Und dein Vater stand doch gerade erst am Anfang seiner Karriere ...«

»Und das ist der Grund, warum wir all die Jahre nicht mehr nach Spanien durften? Ein Fehltritt von dir, und dafür mussten wir siebzehn Jahre lang büßen?«

Sie schwieg wieder. Dann begriff ich voller Bestürzung, dass sie weinte.

»Ich dachte, es wäre besser für euch, wenn ihr es nicht erfahrt. Ich wollte immer perfekt sein, um euretwegen. Ich glaube, seine Familie hat mich verachtet, gehasst, und ich wollte nicht, dass ihr das zu spüren bekommt.«

»Wundert es dich, dass sie dich gehasst haben? Wenn du ihn mit seinem eigenen Cousin betrogen hast ...«

»Es tut mir leid, Elena, wirklich.«

»Irgendwie höre ich das in letzter Zeit ständig, Mutter. Und weißt du was? Es tut mir auch leid. Um das, was Oliver und mir entgangen ist.«

Ich legte auf. Zum zweiten Mal an diesem Tag war ich sprachlos.

Plötzlich spürte ich, wie mir die Erschöpfung in die Glieder kroch, und der Alkohol im Flugzeug rächte sich. Ich fiel in einen tiefen Schlaf voller seltsamer, gesichtsloser Träume.

Als ich erwachte, stellte ich fest, dass es bereits heller Tag war. Von der Straße drang ab und an das Geräusch eines vorüberfahrenden Autos zu mir herauf, aus der Küche vernahm ich Stimmen und das Geklapper von Geschirr. Ein neuer Tag, mein erster in Barcelona. Das nächtliche Telefonat mit meiner Mutter fiel mir ein, und ich war froh, endlich die Wahrheit erfahren zu haben, auch wenn sie schmerzlich war. Ich fühlte mich ausgeruht und voller Tatendrang.

In der Küche saß eine kleine Gruppe Frauen vor ihren Kaffeetassen: Rosalia, Frida, ihre Mutter, Inés und Teresa, die trotz der Tatsache, dass sie zwei Tage zuvor ihren Mann verlassen hatte, ausgesprochen fröhlich aussah. Sie lächelte mich mit ihrem dunkelrot geschminkten Mund an.

»Wie hast du geschlafen?«

»Gut, danke.«

»Was hast du heute vor?«

Ich sah Inés an. Sie lächelte und antwortete für mich, während sie mir eine Tasse hinstellte. Gierig trank ich den starken, bitteren Kaffee, ohne Milch und Zucker, Wachheit pur an diesem Morgen.

»Wir fahren zuerst in die Klinik zu Miguel, dann zeige ich Elena die Innenstadt. Ach ja ...«

Sie wandte sich an mich: »Wenn du magst, kannst du mir heute abend beim Kochen helfen. Falls du bis dahin zurück bist und dich nicht etwa verlaufen hast.«

Teresa lachte unnatürlich, doch ich beachtete sie nicht. Stattdessen freute ich mich auf den Tag mit Inés und hatte gleichzeitig ein flaues Gefühl im Bauch, wenn ich an den Besuch bei meinem Großonkel dachte. Nachdem ich einen zweiten Kaffee getrunken hatte, machten wir uns ohne zu frühstücken auf den Weg. Wir stiegen in ihren alten Mercedes.

»Warum fährst du dieses betagte Ungetüm?«

Sie sah mich kurz von der Seite an, dann heftete sie ihren Blick auf den Wagen vor uns. Ich hatte das Gefühl, dass ihr meine Frage peinlich war.

»Entschuldige, das war blöd von mir.«

»Nein, war es nicht.«

Sie schaltete einen Gang herunter, dann legte sie sich die linke Hand an die Schläfe, als hätte sie Kopfschmerzen.

»Du kannst es ja nicht wissen. Ich habe mich vor einiger Zeit scheiden lassen und bin bei Miguel eingezogen. Ich arbeite zwar in einer Anwaltskanzlei als Sekretärin, doch das Geld reicht hinten und vorne nicht. Es gab da einige ...« Sie seufzte und brach ab, dann fuhr sie sich mit der Hand über die Stirn.

»... Unstimmigkeiten zwischen meinem Mann und mir. Und ich habe einen Sohn, den ich allein unterstütze. Er wird ab kommendem Herbst studieren.«

Sie sah flüchtig zum Seitenfenster hinaus, dann sammelte sie sich, holte tief Luft und lächelte. »Jetzt aber genug von der Vergangenheit. Gleich sind wir am Krankenhaus. Miguel wird außer sich sein vor Freude, dich wiederzusehen!«

Das Krankenhaus war in Wirklichkeit eine Privatklinik am Rande der Stadt, die sich über einen ganzen Häuserblock erstreckte. Sieben Stockwerke, sechshundert Betten, wie mir Inés stolz erklärte, als wir auf den Haupteingang zusteuerten, gemeinsam mit zahllosen weiteren Besucherinnen und Besuchern. Enge im Fahrstuhl, obwohl es ein halbes Dutzend Aufzüge gab; auf der Station, auf die Miguel verlegt worden war, herrschte ein für mein Empfinden ungewöhnlich hoher Geräuschpegel. Über Lautsprecher erklang das stationseigene Radio, in jedem Zimmer schien ein anderes Fernsehprogramm zu laufen, und auf den Gängen herrschte ein Gewusel von Familienangehörigen, die, obwohl es natürlich auch hier verboten war, unablässig mit ihren Handys telefonierten. Inés sah meinen Blick.

»Sie dürfen hier übernachten und zu jeder Tageszeit zu ihren Verwandten, um den Schwestern bei der Pflege zu helfen.«

Die Beklemmung in meiner Brust, die ich bei Krankenhausbesuchen immer empfand, wich allmählich, da die Atmosphäre ganz und gar nicht von Krankheit und Sterilität geprägt war. Ich ließ es auf mich wirken, dass ich in einer anderen Welt angekommen war, einer Welt, die fremd, laut, emotional war, voller familiärer Bindungen, wie ich sie nie erlebt hatte.

Miguel lag allein in einem großen, freundlichen Zimmer. Die Vorhänge waren zurückgezogen und das Fenster geöffnet worden, so dass es hell und luftig war. An seinem Bett standen Blumen, ein Glas und eine Flasche Wasser, eine Schale mit Obst, an die Wände waren Fotos und von Kindern gemalte

Bilder gepinnt. Miguel schien zu schlafen, als wir hereinkamen, ein bleicher alter Mann, leblos, doch als er unsere Schritte hörte, schlug er die Augen auf, und in dem Moment ging eine Veränderung mit ihm vor. Er schob sich mühsam ein wenig höher in den Kissen, und da sah ich, dass seine Augen ungebrochen waren, sie strahlten.

»Elena? Kann das sein?«

Ich ging zu ihm und ergriff seine Hand. Sie war kühl und erstaunlich glatt für sein Alter.

»Hallo, Onkel Miguel. Schön, dich wiederzusehen.«

»Nicht doch so förmlich, Kind! Lass dich umarmen!«

Er zog mich mit einem Arm mühelos zu sich herunter, und ich spürte seine Wange kratzig an meiner, der Duft nach seinem altmodischen Rasierwasser hüllte mich ein. Dann schob er mich auf Armeslänge von sich und musterte mich prüfend, genau wie Inés es am Flughafen getan hatte.

»Erwachsen bist du geworden, und schön. Du hast große Ähnlichkeit mit deinem Großvater, weißt du das? Ich werde dir ein Foto von ihm zeigen.«

Er fuhr sich mit der Hand über die Augen, als wäre die Erinnerung zuviel für ihn, dann sank er zurück in die Kissen und lag so still und reglos da wie zuvor. Inés legte einen Finger auf die Lippen und bedeutete mir, ihr zu folgen.

»Er ist noch ziemlich schwach«, sagte sie, als wir wieder draußen auf dem Gang waren, »aber dein Besuch hat ihm große Freude bereitet und ihm bestimmt gutgetan.«

Wir fuhren mit dem Aufzug wieder nach unten, diesmal waren wir allein. Als wir auf der Straße standen, nahm sie mich beim Arm und sah mich ernst an.

»Erinnerst du dich eigentlich noch an deinen Großvater?«

»Ja. Ein wenig. An sein Aussehen, den Klang seiner Stimme,

den Geruch seiner Jacke. Aber wie er war – als Mensch? Nein. Dafür ist es zu lange her.«

Sie nickte langsam, als überlege sie, ob sie weitersprechen solle oder nicht.

»Warum seid ihr nicht gekommen, Elena? Als dein Großvater Krebs bekam und bald darauf im Sterben lag? Er hatte es so gehofft, bis zuletzt. Und von deinem Vater kam nicht einmal ein Anruf, nicht einmal ein Brief – nichts.«

Ich ließ den Kopf hängen und starrte auf meine Schuhe, den heißen Asphalt unter mir. Verdrängt bis jetzt, die Schuld anderen gegeben, obwohl ich damals bereits achtzehn Jahre alt gewesen war. Es war einfach gewesen, den Worten meines Vaters zu folgen, bequem, seine Entscheidung nicht anzuzweifeln und den von ihm eingeschlagenen Weg gleichfalls zu beschreiten. Erst jetzt, wo ich hier war, begriff ich die volle Bedeutung meines damaligen Handelns. Die Chance, meinen Großvater noch einmal zu sehen, ihn richtig kennenzulernen, war vertan. Sie würde nie wiederkommen. Meine Großmutter war bereits seit vielen Jahren tot. Was blieb, waren die übrigen Verwandten. Wie Inés.

Wir schwiegen während der Fahrt in die Innenstadt. Der Morgen hatte seine Leichtigkeit verloren.

Das bunte Leben in den Straßen brachte mich wieder in die Gegenwart zurück. Barcelona besteht aus drei großen Vierteln: der Altstadt, Eixample, was soviel wie »Stadterweiterung« bedeutet, und Montjuic. An der Plaça de Catalunya, die die Grenze zwischen der Altstadt und Eixample markiert und das eigentliche Zentrum der Stadt bildet, stellten wir den Wagen ab und gingen zu Fuß weiter, tauchten ein in den breiten Strom von Menschen, die das gleiche Ziel besaßen wie wir.

Inés trug nun eine dunkle Sonnenbrille, so dass ich ihre Augen nicht erkennen konnte, und war schweigsamer geworden, als hätte der Besuch bei Miguel sie nachdenklich gestimmt.

Das Licht war heller, die Luft wärmer als in Berlin. Bunte bis leuchtende Farben, surreale Formen überall; die Straßenhändler ließen keinen Zweifel daran, dass wir uns im Süden befanden, und doch gab es Gemeinsamkeiten: den Lärm auf den Straßen, das Gemisch aus Gerüchen, die Hektik, die Melancholie, wenn man innehielt ... Ich war ein Großstadtkind, ich konnte es nicht leugnen, ich brauchte es von Zeit zu Zeit, mich in der Menschenmenge zu verlieren, mich für einige Stunden treiben zu lassen, dabei mir selbst so manches Mal näher als in der Stille zu Hause.

Ich dachte an Miriam. Sie fehlte mir, zum ersten Mal, seitdem ich hier war. Ich sah ihr Gesicht vor mir, während ich Hunderte anderer Gesichter im Vorübergehen registrierte, sah ihre blauen Augen, ihren Körper. Die Trennung von ihr verursachte mir einen beinahe physischen Schmerz. Ich begriff nicht, warum sie mich ausgrenzte, herauszuhalten suchte aus ihrem Leben, den wirklich wichtigen Entscheidungen.

Seltsame Fassaden tauchten mittlerweile rechts und links auf, Kunstwerke, Gaudís Handschrift, unverwechselbar. Daneben, ohne Übergang und Schonfrist für die Augen, schmutzige und heruntergewirtschaftete Straßenzüge, leere Ladengeschäfte, Kinder, die in einer trostlosen Umgebung Fußball spielten. Leben, beständige Veränderung auch hier.

Als wir zur Rambla kamen, der berühmten, beinahe zwei Kilometer langen Allee, die sich durch das Herz der Stadt windet, gesäumt von Platanen, bis sie schließlich am Hafen mündet, erfolgte ein erstes Wiedererkennen. Ich war mehr als einmal mit meinem Vater hier spazierengegangen und verspürte nun eine kurzzeitige Euphorie zwischen dem Touristengewimmel, Heimatgefühl auf Zeit.

Zahllose Geschäfte säumten unseren Weg, Stände mit Blumen, Straßenkünstlerinnen. Nach einer Weile wies Inés auf ein Café.

»Jetzt frühstücken wir erst mal.«

Sie bestellte für uns beide Croissants, Sandwiches und Tortillas, dazu Milchkaffee, und erst da merkte ich, wie hungrig ich war.

»Darf ich dich etwas fragen?«

Inés nickte und sah mich aufmerksam an.

»Hasst du meinen Vater eigentlich für das, was er getan hat?«

Die Frage brannte mir seit dem Vorabend auf der Zunge. Inés sah mich mit einer Mischung aus Traurigkeit und Sympathie an.

»Nein, inzwischen nicht mehr. Ich hatte ihm bereits lange verziehen, als dein Bruder ums Leben kam. Ich glaube, er hat sich selbst viel mehr weh getan als uns.«

Und was ist mit mir und Oliver? Ich schwieg.

»Vielleicht hast du recht«, sagte ich dann und war selbst erstaunt über meine Antwort. Verschobene Prioritäten, seit meiner Ankunft hier in Barcelona.

Sie nickte erneut.

Wir tranken beide gedankenverloren einige Schlucke von dem Milchkaffee, den der Kellner soeben gebracht hatte.

»Darf ich dich auch etwas fragen, Elena?«

»Sicher.«

»Was machst du daheim in Deutschland – ich meine beruflich?«

»Ich studiere Kunst, jobbe in einer Bar und arbeite nebenbei als freie Illustratorin.« Als ich ihren verständnislosen Blick sah, erklärte ich: »Ich zeichne und bearbeite Mangas – japanische Comics.«

»Oh.« Sie lächelte. »Willst du das für immer so machen?«

»Ehrlich gesagt, ich weiß es nicht. Mir fehlt die Malerei manchmal.«

»Hast du einige deiner Bilder hier?«

»Ja. Ich habe mir Arbeit mitgenommen, sonst könnte ich gar nicht so lange fortbleiben.«

»Zeigst du sie mir bei Gelegenheit?«

»Sicher. Wenn es dich wirklich interessiert ...«

»Sonst hätte ich nicht gefragt.«

Sie legte mir kurz die Hand an die Wange, und ich spürte die große Zuneigung, die sie mir entgegenbrachte. Sie war mehr als meine Tante – sie begann eine Vertraute zu werden. Das war weit mehr, als ich mir erhofft hatte.

Nach dem reichhaltigen Frühstück ein schneller Abschied auf der Rambla, Inés drückte mir ihre Telefonnummer und einen Stadtplan von Barcelona in die Hand, winkte mir noch einmal zu und verschwand dann zwischen den Menschen, um zur Arbeit zu gehen. Einige Sekunden stand ich allein und unentschlossen da, dann folgte ich den Schildern in Richtung Port Vell, dem Yachthafen. Hier wehte ein frischer Wind und ließ die unzähligen Masten sachte schaukeln. Ich setzte mich ans Wasser und stützte den Kopf in die Hände, blaugrüne Wellen im Blick. Erinnerungen auch hier; mein Vater hatte das Meer geliebt.

Einen Moment lang überlegte ich, ob ich Miriam anrufen sollte. Die Sehnsucht nach ihr wuchs, doch ich war noch zu sehr verletzt von ihren letzten Worten, ihrem Entschluss, mir den Termin für die entscheidende Verhandlung zu verheimlichen. In zwei Tagen, in achtundvierzig Stunden, würde über ihre Zukunft entschieden werden, und ich war meilenweit entfernt, und dabei hatte ich einmal gedacht, Teil ihres künftigen Lebens zu sein. Und dennoch – die Sehnsucht nach ihr blieb, von all dem unbeeindruckt.

Ich flanierte einige Stunden kreuz und quer durch die Gegend um die Rambla, schlug diesen und jenen Weg ein und verlor ihn wieder, ohne dass es mir etwas ausmachte. Ich hatte kein bestimmtes Ziel, verfolgte nicht den Plan, sämtliche touristischen Sehenswürdigkeiten nacheinander abzuhaken. Mir ging es um etwas ganz anderes. Ich versuchte, die Seele der Stadt zu erhaschen, das, was sie auszeichnete, sie unverwechselbar machte. Ich versuchte, sie zu meiner Stadt zu machen, mit dem Herzen, nicht mit dem Verstand. Zahlen und Fakten blieben außen vor; statt dessen schärfte ich meine Sinne für Formen und Linien, für Licht und Farben, für Geräusche und Gerüche, für die Musik aus den Restaurants und das Gefühl des von der Sonne durchwärmten Mauerwerks unter meinen Händen.

Ganz plötzlich wieder die Lust zu malen, wie an jenem Abend vor einiger Zeit in Berlin, ein Sog. Endlich, nach einigem Suchen, eine Galerie mit angrenzendem Schreibwarenladen. Eine Glocke klingelte bei meinem Eintreten, dann war es wieder still, erstaunlich still nach dem Lärm auf der Straße. Das Licht fiel durch die großen Fenster auf ein breites Angebot an Stiften und Pinseln, Farbtuben und Zeichenblöcken, liebevoll angeordnet in Holzregalen und Schubladen, eine Ladeneinrichtung wie aus dem vergangenen Jahrhundert.

An der Kasse stand eine Frau mittleren Alters in Bluse und Faltenrock. Sie lächelte mich freundlich an und sagte etwas auf katalanisch. Als sie merkte, dass ich sie kaum verstand, wiederholte sie es auf spanisch: »Kann ich Ihnen helfen?«

»Ja. Ich brauche Farben. Und Papier.«

»Dann sind Sie hier genau richtig.« Sie lud mich ein, mich ruhig selbst zu bedienen.

Ich suchte mir zusammen, was ich brauchte, legte alles auf die Ladentheke und kramte nach meinem Geld.

»Sind Sie Malerin?«

Ein kurzer Blick in ihre braunen Augen, von feinen Fältchen umgeben.

»Ja.«

»Schön.«

Sie legte ein kleines Päckchen mit Pinseln zu meinen Einkäufen. »Bitte – ein kleines Geschenk. Meine Tochter ist auch Malerin. Ich weiß, dass ihr es immer brauchen könnt.«

Ich betrachtete sie genauer.

»Machen Sie das bei jeder Kundin so?«

»Nein.«

Ihr Lächeln verschwand und machte einer stillen Trauer Platz.

»Wo käme ich denn da hin? Aber Sie sehen ihr so ähnlich.«

Ein letzter Blick in die haselnussbraune Tiefe, endlos. Dann dankte ich ihr hastig, zu hastig, zahlte und verließ den Laden; ich stürzte mich förmlich wieder in Lärm und Hitze, seltsam berührt von der kurzen Begegnung und der Intimität, die dabei entstanden war.

Als ich gegen Abend nach Hause zurückkehrte, war ich voller neuer Eindrücke, erfüllt von Bildern, die nur darauf warteten, ihren Weg aufs Papier zu finden. Ich sehnte mich nach der Abgeschiedenheit meines Zimmers, um meine Schätze auszupacken, doch im Flur begegnete ich Inés, die mich bat, ihr beim Kochen zu helfen.

»Ich kann nicht besonders gut kochen, weißt du …«

»Ach was, ich zeige dir, was du machen musst. Wir haben heute abend Gäste, das schaffe ich nicht allein.«

»Noch mehr als gestern?«

»Gestern?«

In ihrer Stimme klang ehrliche Verwunderung.

»Gestern war es doch nur die engste Familie!«

Es waren gut und gern ein Dutzend Menschen im Esszimmer versammelt gewesen. Das ließ für die kommenden Stunden einiges befürchten. Seufzend beförderte ich meinen Rucksack unter den Tisch an der Garderobe und folgte Inés in die große Küche, die in etwa die Ausmaße des elterlichen Wohnzimmers in Hamburg besaß.

»Was gibt es denn?«

Es folgte eine endlose Aufzählung verschiedener Vorspeisen, Hauptgerichte und Desserts, und ich sah, wie sich mein abendliches Vorhaben in Luft auflöste. Keine Ruhe, um meine Gedanken zu ordnen, die Eindrücke zu verarbeiten, zu malen. *Ich bin nicht so wie ihr.* Ich betrachtete ihren eifrig über den Fisch gebeugten Rücken und wusste im selben Moment, dass ich es nicht würde sagen können, niemals. Ergeben machte ich mich daran, den Salat zu waschen, und schielte sehnsüchtig nach der Mikrowelle, die in diesem Haus anscheinend nie benutzt wurde. Familienleben in Reinkultur, und ich mittendrin. Doch schließlich hatte ich es nicht anders gewollt, oder?

Erst nach Mitternacht konnte ich mich auf mein Zimmer zurückziehen. Wie am Tag zuvor war die Müdigkeit verflogen, sobald ich die Tür hinter mir geschlossen hatte. Ich holte meine Einkäufe aus dem Rucksack, legte den Block, die Pinsel und die Farben auf das Bett. Durchatmen, den Kopf freimachen, mich im Schneidersitz niederlassen.

Zögernd griff ich nach einem Pinsel und begann. Ein einzelner Strich, dann der nächste, eine Form entstand, ein Körper, eine Kulisse. Rot in allen möglichen Varianten, dunkel wie Wein, hell wie Blut, dazwischen gelb, orange, hellblau wie das Meer. Hellblau wie ihre Augen.

Die Sehnsucht nach Miriam überfiel mich erneut, nach ihrer Haut, ihrem Lachen, ihrer Art, oft impulsiv und rätselhaft, immer mitreißend. Ich brauchte sie, um die Erfahrung dieser Stadt mit ihr zu teilen; jedes Bild schien nur halb soviel wert ohne ihren Blick.

Ich legte den Block beiseite und löschte das Licht, versuchte, den Schlaf zu erzwingen, zwecklos. Stunde um Stunde wälzte ich mich im Bett, schielte auf mein ausgeschaltetes Handy, verwarf den Gedanken, sie anzurufen, wieder, quälte mich mit meinen Gefühlen für sie, bis der Morgen dämmerte. Dann endlich ein gnädiger kurzer Schlaf, der jedoch keine Erholung brachte. Dennoch würde mich die Neugier auch an diesem Tag wieder in die Straßen ziehen, die Neugier auf diese Stadt und ihre Menschen, und dazwischen immer wieder die alles entscheidende Frage: Wieviel von ihnen steckte auch in mir, meiner langen Abwesenheit zum Trotz?

Neun Uhr. Es klopfte leise an der Tür. Inés steckte vorsichtig den Kopf herein.

»Hey, du bist schon wach?«

»Ja. Ich habe nicht besonders viel geschlafen, um ehrlich zu sein.«

Sie nickte und setzte sich auf das Bett, das von meinen erfolglosen nächtlichen Schlafversuchen arg zerwühlt war.

»Ich auch nicht.«

»Warum du nicht?«

Ich setzte mich auf und versuchte meine Haare davon abzuhalten, in alle Richtungen abzustehen.

»Dein Besuch wirbelt so vieles auf, was ich längst vergessen zu haben glaubte. Und er zwingt mich, über meine eigene Familie nachzudenken.«

»Erzählst du mir etwas über sie?«

Bislang hatte sie dieses Thema gemieden, bis auf den Hinweis auf ihre angespannte finanzielle Situation und die Studienpläne ihres Sohnes.

»Da gibt es nicht sonderlich viel zu erzählen. Esteban, so heißt mein Ex-Mann, ist in der Wirtschaft tätig; er war ein alter Geschäftsfreund der Familie. Er machte mir den Hof, und alle waren begeistert von ihm und fanden, ich machte eine sehr gute Partie. Du hättest mal meine Mutter hören sollen! Dabei verdiente ich nicht einmal schlecht. Ich arbeitete damals bei einer Mietwagenfirma. Den Job habe ich natürlich aufgegeben, als Ramon kam, unser Sohn. Das ist jetzt zwanzig Jahre her.«

Sie seufzte und blickte aus dem geöffneten Fenster in den Himmel. Er hatte eine seltsame Farbe an diesem Morgen, blaugrau, dazwischen einzelne grauschwarze Wolkenfetzen. Es war drückend heiß, obwohl Inés beim Eintreten den Deckenventilator angeschaltet hatte.

»Und wo ist er?«

»Ramon? Er lebt jetzt in Madrid. Es gab einen schrecklichen Streit vor zwei Jahren. Esteban hat ihn rausgeschmissen und ihm Prügel angedroht, wenn er ihm jemals wieder unter die Augen treten sollte. Ich habe mich dann von ihm getrennt, aber es hat Monate gedauert. Viel zu lange.«

Sie blickte auf ihre Finger, die an der Bettdecke zupften, als führten sie ein Eigenleben.

»Esteban hatte seit Jahren ständig andere Frauen gehabt, doch mir fehlte immer der Mut, ihn zu verlassen. Wir hatten Geld, viel Geld, und ich wusste, er würde es zu verhindern wissen, dass ich meinen gewohnten Lebensstandard nach der Scheidung würde aufrechterhalten können. Mit den Jahren wird man bequem, weißt du. Ich hätte viel eher einen Schlussstrich ziehen sollen, dann wäre Ramon einiges erspart geblieben. Esteban hat ihn manchmal geschlagen.«

Sie biss sich auf die Lippen und fuhr sich mit der Hand über die Augen, als wollte sie die Erinnerung verscheuchen. Wie am Tag zuvor im Auto gelang es ihr geschickt, gleich anschließend auf ein unverfängliches Thema umzuschwenken.

»Warum ich eigentlich zu dir gekommen bin: Du hast gesagt, du würdest mir einige deiner Arbeiten zeigen. Darf ich sie sehen? Jetzt?«

»Ja, gerne.«

Ich sprang auf, froh, sie von ihren schuldbeladenen Erinnerungen erlösen zu können, wenigstens für den Moment. Eintauchen in die Welt der Farben, Traumwelten, Abstand von der Realität, obwohl sie Bestandteil meiner Skizzen war. Bereitwillig ließ Inés sich darauf ein.

12

Klinikbesuche, Stadtbummel, dazwischen Arbeit für den Verlag, die mir die nötige Bodenhaftung verschaffte – die Zeit verflog, es wurde Montag. Ich redete mir ein, dass der Tag keine besondere Bedeutung besaß. Doch es hatte keinen Sinn, ganz einfach weil die Tatsache, dass ich hier war und sie in Hamburg, keinen Sinn besaß. Wir zerstritten uns, und dabei war es eigentlich ganz einfach: Ich liebte sie. Bis dahin war ich stets zurückgeschreckt vor diesen Worten, mit denen sich so viel verband, nie hatte ich sie ausgesprochen. Vielleicht insgeheim manchmal gedacht, dann jedoch Angst davor bekommen, sie laut werden zu lassen, und so waren sie ungehört verflogen.

Ich floh in die Stadt, den Blick auf Häuserfassaden geheftet, und ließ mich nur zu gern ablenken von den Händlerinnen auf dem Markt. Ich ließ mich durch die Stadt treiben, fertigte eine Reihe von Skizzen an, um sie spät am Abend in Farbe auf die Leinwand zu übertragen.

Die Katalanen waren stolz und verbargen sich nicht hinter der Maske falscher Freundlichkeit. Gesundes Misstrauen gegenüber Fremden wie auch der restlichen Bevölkerung des Landes begegnete mir überall. Sie besaßen einen spröden Charme, unbeeindruckt von Lob und Schmeichelei; und dahinter fanden sich, wenn es gelang, die Schale zu durchdringen, Herzlichkeit und ein ausgeprägter Familiensinn.

Zu meinem Lieblingsort wurde das mittelalterliche Viertel, Barri Gòtic genannt. Es befindet sich östlich der Rambla, wohin sich Touristinnen und Touristen selten verirren. Die kopfsteingepflasterten Straßen sind schmal und schattig, die Vergangenheit ist mit jedem Schritt spürbar, sie schläft in den Innenhöfen, in Mauerwerk und Winkeln. Kleine Läden jenseits von Kaufhausstress und Hektik, in den Auslagen Wein, Brot und Kuchen, Kleider in leuchtenden Farben und verschiedensten Stilrichtungen, Hüte, Zigarren, Antiquitäten. Hier zu leben, ohne jemals Sehnsucht nach etwas anderem zu verspüren, erschien mit einemmal möglich. Zu vergessen, dass eine Welt jenseits dieses Viertels existierte und wartete.

Ein Hauch von Ehrfurcht umgibt den ehemaligen Palast der Grafen von Barcelona an der Plaça del Rei; auch hier war ich einst mit meinem Vater gewesen, staunend, beeindruckt. Begegnungen mit der Vergangenheit, auch meiner eigenen. Und langsam nahm eine Idee in meinem Kopf Gestalt an: länger zu bleiben, meinen Aufenthalt in Spanien auszudehnen. Ein Jahr vielleicht, zwei Semester an der Kunsthochschule. Was hielt mich wirklich in Berlin? Die Inspiration, das Licht hier waren verlockend, unendlich verlockender als in irgendeiner anderen Stadt. Es tat gut, hierzusein, meinen sonstigen Alltag weit hinter mir zu wissen. Loslassen, ein Zurechtrücken der Perspektive. Leichtigkeit, trotz der Gedanken an Miriam.

Doch schon in der nächsten Sekunde hatte ich wieder ihr Gesicht vor mir, ihre Stimme im Ohr, war der wohlbekannte Schmerz zurückgekehrt, ohne sie zu sein. Konnte ich ihn ertragen, über viele Monate hinweg? Ich wollte sie. Wenn mir in den vergangenen Tagen eines klargeworden war, dann das: Ich wollte sie. Ein entschlossener Griff nach meinem Handy, ihre Nummer wusste ich im Schlaf. Doch am anderen Ende erklang nur eine künstliche Frauenstimme, ihre Mailbox. Miriam blieb unerreichbar.

Leise Angst kroch mir über den Rücken, hinterließ eine Gänsehaut. Die hohen, düsteren Mauern wirkten plötzlich fremd; ich fröstelte, eilte nach draußen, tauchte ein in das helle Licht des Tages, und dennoch konnte ich das ungute Gefühl in meinem Bauch nicht vertreiben. Was mochte ihre Verhandlung ergeben haben? Waren sie und Tim jetzt frei von den Ansprüchen dieses Mannes, oder würde er für die nächsten vierzehn Jahre mitentscheiden dürfen, wie und wo sie lebte?

Ich ertrug den Gedanken nicht, zu all meinen Verwandten zurückzufahren, mit ihnen Kaffee zu trinken und ihren Fragen ausgesetzt zu sein, die nichts mit ihr und unserer Beziehung zu tun hatten. Die engen Familienbande erschienen mir auf einmal erdrückend.

Als ich weder Richard noch Sebastian erreichte, wählte ich schließlich die Nummer von Renée, erneuerte die Verbindung zu meinem alten Leben, die indirekte Verbindung zu Miriam. Ich wusste, ich würde es nicht über die Lippen bringen, nach ihr zu fragen, doch vielleicht würde es guttun, Renées Stimme zu hören. Ich hatte sie seit jenem Abend in der Bar, wo sie mit der kleinen schwarzhaarigen Frau getanzt hatte, nicht mehr gesehen, und höchstens zwei, drei Mal mit ihr telefoniert und die stille Übereinkunft mit ihr getroffen, im Guten auseinanderzugehen, was immer das heißen mochte.

Sie klang abgehetzt, und doch schwang Freude in ihren Worten mit.

»Elena! Wo steckst du?«

»In Barcelona.«

»Wow! Klingt gut!«

»Das ist es auch. Was machst du?«

»Gut, dass du anrufst: Es gibt Neuigkeiten.«

»Gute oder schlechte?«

»Gute, natürlich! Du kennst mich doch!«

Sie lachte leise, und ich sah sie vor mir, wie sie den Kopf zurückwarf und die Telefonschnur um den Finger wickelte.

»Du kennst doch Élodie, die Schwarzhaarige aus meinem letzten Politik-Seminar, oder?«

»Nein, ich glaube nicht.«

»Schade, denn stell dir vor: Wir haben uns verliebt!«

Ich schwieg, doch die Bitterkeit währte nur eine Sekunde.

»Elena? Bist du noch dran?«

»Ja, entschuldige. Herzlichen Glückwunsch!«

»Danke. Und – Elena? Noch was: Es war trotz allem schön mit dir.«

»Ja, das war es.«

Ich hatte einen Kloß im Hals.

»Ich muss dir etwas sagen, Renée. Etwas, das ich dir schon vor langer Zeit hätte sagen sollen.«

»Dass du dich in meine kleine Schwester verliebt hast?«

»Woher ...«

»Ich weiß es schon seit Wochen. Richard hat es mir gesagt. Bitte reg dich nicht auf – er hat gewusst, dass er das Richtige tat! Das mit uns hat nie wirklich funktioniert, nicht wahr? Und ich habe ihn neulich zufällig getroffen und ihm gebeichtet, dass ich in eine andere Frau verliebt bin, dir gegenüber aber immer noch ein schlechtes Gewissen habe. Da hat er mir von euch erzählt. Ich hab mir so was ja gleich gedacht, als ich euch damals auf meinem Geburtstag zusammen gesehen habe. Auch wenn ich es dir nicht so leicht verzeihen werde, dass du ausgerechnet meine kleine Schwester verführt hast!«

Sie lachte wieder, laut und amüsiert. Über Renée konnte man vieles sagen, aber nachtragend war sie nicht. Sie lebte in der Gegenwart, die Vergangenheit spielte keine Rolle für sie. Ich war mir nicht einmal mehr sicher, ob ich ihr ihren Lebenshunger übelnehmen konnte; sie war mir darin sehr nah, auch wenn er sich bei mir inzwischen auf andere Art äußerte als durch wechselnde Affären.

Es hatte einmal eine Zeit gegeben, da war ich ihr sehr ähnlich gewesen – jetzt nicht mehr. Ich zog meine Energie inzwischen aus anderen Dingen: Kunst, durchtanzte Nächte, lange Gespräche mit Richard, Wein, Musik, Momentaufnahmen meiner Umgebung, Schwimmen, Filme, Spaziergänge mit Samson, und immer wieder sie, immer wieder Miriam.

»Ach, du!« Mehr fiel mir in dem Moment nicht ein. Nur noch einmal »Ach, du«, und dann sagten wir »Pass auf dich auf« und beendeten das Telefonat. Es war das mit Abstand ehrlichste Gespräch, das wir je miteinander geführt hatten, und ich empfand leises Bedauern darüber, dass diese Ehrlichkeit nicht früher zwischen uns möglich gewesen war.

Es klopfte an meiner Zimmertür, als ich mich am selben Tag zum Abendessen umzog, und diesmal empfand ich es eindeutig als Eindringen in meine Privatsphäre. Vor der Tür stand Rosalia mit einem entschuldigenden Lächeln.

»Ich brauche etwas aus meinem Kleiderschrank – darf ich ...?«

»Natürlich, komm rein. Und übrigens: Danke noch mal, dass ich hier wohnen darf!«

Ich begann meine Skizzen zu ordnen, doch anstatt zum Kleiderschrank zu gehen, setzte Rosalia sich aufs Bett, offensichtlich in Plauderlaune.

»Kein Problem. Ich räume gerne meine Bude und gehe meinem Bruderherz auf die Nerven.«

Ich musste grinsen und betrachtete sie zum ersten Mal näher. Sie war Anfang Zwanzig und besaß hüftlanges, tiefschwarzes Haar, das sie meistens zu zwei Zöpfen geflochten hatte. Ihr Teint war leicht gebräunt, ihre weißen Zähne bildeten dazu einen hübschen Kontrast. Die langen Wimpern warfen halbmondförmige Schatten auf ihre Wangen.

»Was studierst du eigentlich?« fragte ich aus einem Impuls heraus.

»Betriebswirtschaft.« Sie lächelte. »Ich weiß, es klingt furchtbar öde, aber ich werde einmal Miguels Firma übernehmen, und dafür ist es bestimmt nützlich.«

»Du meinst die beiden Geschäfte in der Innenstadt?«

Sie warf sich mit einer anmutigen Geste einen Zopf über die Schulter und zog erstaunt die geschwungenen Augenbrauen hoch.

»Das ist längst nicht alles. Miguel gehören eine Textilfabrik, zwei Schneidereien und ein weiteres Herrenbekleidungsgeschäft in Madrid.«

Stolz schwang in ihren Worten mit, und ich konnte es ihr nicht verdenken. Keine Spur von der Schneiderfamilie in ärmlichen Verhältnissen, auf die meine Mutter hochnäsig herabgeblickt hatte.

Ich schwieg nachdenklich, und Rosalia legte mir vertraulich die Hand auf den Arm und senkte die Stimme.

»Mach dir keine Vorwürfe, Elena, wenn du vieles noch nicht weißt. Wenn man mit so einer Mutter aufwächst wie du ...«

»Was meinst du damit?«

Ich war hellwach, meine Stimme plötzlich scharf. Rosalia zuckte zusammen.

»Entschuldige! Vergiss, was ich gesagt habe! Das war dumm von mir.«

»Nein, warte, nicht so schnell! Was hast du damit gemeint, als du gesagt hast ›Wenn man mit so einer Mutter aufwächst wie du‹?«

Rosalia zupfte einen nicht vorhandenen Fussel von ihrem makellosen Twinset.

»Na ja, deine Mutter ... sie hat ... sie war doch ... Du weißt schon, die Sache mit Pedro. Ich kann verstehen, dass dir das peinlich ist ...« Sie verstummte und senkte den Blick. Ich ergriff ihren Arm und zwang sie, mir in die Augen zu sehen.

»Das ist mir keineswegs peinlich. Wie kommst du darauf, dass ich auf ihrer Seite stehen würde? Komm schon, sprich es aus: Meine Mutter ist eine Schlampe, das ist es doch, was du meintest, oder? Und sag es am besten laut, damit das ganze Haus es hört!«

Meine Stimme war leise geworden. Unsanft stieß ich sie zurück und betrachtete angewidert ihr perfekt geschminktes Gesicht, auf dem sich Entsetzen über meinen Ausbruch malte.

»Dass ihr alle um den heißen Brei herumschleicht, geht mir langsam auf die Nerven! Das ist beinahe zwanzig Jahre her, und es hat nichts mit mir zu tun. Kapierst du das, Rosalia?«

Ich schnappte mir meinen Rucksack, stürmte in den Flur und warf die Tür hinter mir ins Schloss.

Auf der untersten Treppenstufe begegnete ich Inés.

»Was ist los?«

»Ich habe die Schnauze voll davon, ständig Mittelpunkt des Familienklatsches zu sein. Das ist los!«

Sie sah über die Schulter, dann nahm sie mich am Arm und zog mich in die Küche.

»Hör zu«, flüsterte sie. »Ich kann verstehen, dass das hier alles ein bisschen viel für dich ist, wirklich, aber zu gehen wäre unklug. Dein Vater hat es sich so leicht gemacht. Wiederhole nicht seinen Fehler.«

»Das ist ja wohl was anderes!« protestierte ich, aber sie legte den Finger an die Lippen.

»Jetzt pass mal auf: Wenn du es möchtest, entschuldige ich dich beim Abendessen. Ich werde sagen, dir sei nicht gut nach dem langen Tag in der Stadt und du hättest dich hingelegt. Später bringe ich dir etwas zu essen hinauf, und wir reden miteinander. In Ordnung?«

»Ich ertrage es jetzt nicht, da oben rumzusitzen. Ich brauche frische Luft!«

Sie überlegte kurz, dann zog sie mich zur Gartentür.

»Geh da hinaus. Ich komme in spätestens zwei Stunden nach.«

Sie langte in ihre Hosentasche und warf mir geschickt eine Packung Zigarillos und ein Feuerzeug zu.

»Hier, nimm das, es beruhigt.«

Sie zwinkerte mir noch einmal zu, dann zog sie die Tür hinter sich ins Schloss und verschwand.

Der Garten lag im Dämmerlicht, die Laternen am Rande der Rasenfläche waren ausgeschaltet. Ich hockte mich auf eine Bank unter einer riesigen Palme und zündete mir eine von Inés' Zigarillos an. Der Geschmack war ungewohnt herb und intensiv, jedoch nicht unangenehm. Ich beobachtete, wie sich die Schatten langsam zwischen den Beeten und Büschen ausbreiteten, und wurde mit jedem Atemzug ruhiger.

Nach einer Weile spazierte ich ein Stück im Garten herum. Seit meiner Kindheit war ich nicht mehr hier gewesen, und damals hatte alles anders ausgesehen, oder vielleicht bildete ich mir das auch nur ein, weil die Bäume gewachsen waren. Erinnerungen an Spiele, wilde Verfolgungsjagden, ich vermisste meinen Cousin. Warum war ich Sergio noch gar nicht begegnet? Lebte er nicht mehr in Barcelona? Ich hatte ihm immer noch nicht für seinen damaligen Brief gedankt.

Die Terrasse lag dunkel und verlassen da, vermutlich saßen alle im Esszimmer vor ihren Tellern.

Ich beschloss, mir ein Glas Wein zu holen. Die Glastür zur Küche war nur angelehnt; ich drückte sie vorsichtig auf und machte kein Licht. Das Telefon neben dem Kühlschrank klingelte, laut und durchdringend. Wie aus einem Reflex heraus nahm ich den Hörer ab.

»Hallo?«

Nichts regte sich auf dem Flur. Das kurze Klingeln schien niemand vernommen zu haben.

»Elena?«

Die Stimme meines Vaters klang so nah, als ob er neben mir stünde.

»Ja. Wie geht es dir?«

Er antwortete nicht sofort.

»Nicht besonders gut. Das ist auch der Grund meines Anrufs. Es geht mir nicht gut. Um ehrlich zu sein: miserabel.«

»Warum das?«

»Sie hat mich verlassen.«

»Was?«

»Deine Mutter hat einen Liebhaber, seit einiger Zeit schon. Sie ist gestern zu ihm gezogen.«

Ich wusste nicht, für wen dieses Geständnis schwerer war – für ihn oder für mich. Ich teilte seinen Schmerz, weil ich wusste, was er verloren hatte: mehr als nur seine Frau – seinen ganzen Lebensplan, den sie für ihn geschmiedet hatte. Doch stärker als die Trauer war der Zorn auf meine Mutter. Er überdeckte alles andere.

»Hör zu, willst du nicht herkommen?«

»Ich weiß nicht, ob das wirklich eine gute Idee ist.«

»Ich glaube schon. Deine Familie wartet auf dich. Vor allem Inés. Und selbst Miguel.«

»Ich muss darüber nachdenken, Elena.«

»Das hast du schon viel zu lange getan.«

Als er aufgelegt hatte, nahm ich mir eine Flasche Rioja und ein Glas aus der Küche und ging wieder hinaus in den Garten, zu meinem Platz auf der Bank. Ich trank viel zu schnell auf leeren Magen und wusste bereits, als ich mir das zweite Glas einschenkte, dass es eines zuviel sein würde in dieser Verfassung. Doch es war mir gleichgültig. Die Wut und die Hilflosigkeit betäuben, die lauten Gedanken zum Schweigen bringen, die Frage nach dem Warum.

Als Inés zu mir herauskam, hatte ich geweint. Sie sah es nicht in der zunehmenden Dunkelheit, doch sie hörte es gewiss an meiner Stimme.

»He, Kleines, was ist los?«

Sie legte den Arm um mich und zog mich an sich.

»Ach, Scheiße.«

Ich fuhr mir mit der Hand über das nasse Gesicht.

»Meine Mutter hat soeben meinen Vater verlassen. Das ist los.«

Mein Kopf lag an ihrer Schulter; es war leicht zu reden. Inés sagte nicht viel, strich mir nur ab und zu über das Haar, griff schließlich nach der Flasche Rotwein und trank einen Schluck.

»Da ist noch etwas. Ich kann meine Freundin nicht erreichen. Wir haben uns vor meiner Abreise gestritten. Ich war wütend. Ich brauchte die Entfernung, schätze ich, um mir meiner Gefühle sicher zu werden. Und sie vielleicht auch.«

»Wie heißt sie?«

»Ihr Name ist Miriam.«

Sie nickte und trank einen weiteren Schluck, als müsse sie Mut fassen.

»Erinnerst du dich, wie ich dir erzählt habe, dass es diesen entsetzlichen Streit zwischen Ramon und seinem Vater gab?«

»Ja, sicher.«

»Hast du dich nicht gefragt, warum sie sich gestritten haben?«

»Ja, schon. Aber ich dachte, du wolltest es mir vielleicht nicht erzählen.«

»Doch, das wollte ich, es war nur noch nicht der richtige Zeitpunkt. Weißt du, Ramon lebt mit einem Mann zusammen – mit einem Mann, der zwanzig Jahre älter ist als er. Er sagt, sie lieben einander.«

Sie sah mich an, ihr Gesicht nah vor meinem, so dass ich jede Einzelheit davon wahrnahm.

»Ich war nicht groß überrascht und fand es auch keineswegs schlimm. Aber Esteban ist vollkommen ausgerastet. Einen Moment lang dachte ich, er bringt ihn um.« Sie schüttelte den Kopf. »Mittlerweile habe ich keinen Kontakt mehr zu ihm, außer über meinen Anwalt.«

»Und wie geht es Ramon?«

Sie lächelte. »Gut. Er will Medizin studieren.«

»Hast du seinen Freund schon kennengelernt?«

»Nein. Aber ich werde das bald nachholen.«

Ich steckte mir ein Zigarillo an und sah dem Rauch hinterher, der in einer feinen Linie in den dunklen Himmel aufstieg. Inés schaute mich von der Seite an.

»Und – bist du dir deiner Gefühle für Miriam nun sicher?«

»Ja. Wie es bei ihr aussieht, weiß ich natürlich nicht.«

»Dann wirst du sie fragen müssen.«

»Ja. Das werde ich.«

Sie schenkte mir noch einmal ein und tippte dann mit der Flasche leicht gegen mein Glas.

»Prost, Antonio! Auf dein neues Leben ohne deine Frau. Es kann nur besser werden!«

Es klingelte – einmal, zweimal, dreimal, und eine Sekunde lang fürchtete ich, wieder nur ihre Mailbox zu erreichen, doch dann antwortete sie.

»Ja?«

»Endlich! Ich habe es seit gestern ein Dutzend Mal versucht!«

»Elena.« Sie seufzte. »Gut, deine Stimme zu hören.«

»Was ist los? Was hat die Verhandlung ergeben?«

»Hey, nun mal langsam. Lass mich erzählen, ja?«

Ihr Tonfall wurde weich und liebevoll, Erinnerung an abendliche Telefonate in Berlin, sehnsuchtsgetrieben, bis es Nacht wurde.

»Es ist vorbei. Daniel hat zugestimmt, Tim mir zu überlassen – ganz.«

»Ach, er hat zugestimmt? Einfach so? Wieso der plötzliche Sinneswandel?«

»Seine neue Freundin ist schwanger.«

»Was?« Ich war fassungslos. Da hatte dieser Mann, der sich so wenig um seinen Sohn kümmerte, erneut ein Kind gezeugt.

»Ich habe ähnlich reagiert, als ich es erfahren habe. Aber eigentlich ist es großartig, nicht wahr? Ich meine, großartig für uns, für Tim und mich. Martina möchte scheinbar ihre eigene Familie gründen, und sie war nicht sehr angetan von der Idee, dass Tim dazugehören sollte.« Sie schniefte. »Tut mir leid, dass ich heule. Das passiert mir seit gestern ständig.«

»Das ist doch okay.«

Die Stille wurde nur von ihren kleinen Seufzern unterbrochen. Ich stand am Fenster, das Handy in der Hand, schaute hinunter auf die verlassene Straße und spürte, dass ich nur halb hier war, hier in Barcelona. Die andere Hälfte war bei ihr.

»Wann kommst du zurück, Elena?«

»Ich weiß es noch nicht genau. Bald. Ich würde gern noch ein bisschen warten, ob mein Vater sich entschließt herzukommen. Meine Eltern haben sich gerade getrennt.«

»Das tut mir leid.«

»Das muss es nicht. Wahrscheinlich ist es besser so. Für ihn auf alle Fälle.«

»Und wie geht es dir damit?«

Das erste Mal, dass diese Frage fiel.

»Ich weiß es noch nicht.«

Sie lachte jetzt, ein warmes, zärtliches Lachen – Lichtblick zwischen Ängsten und verlorenen Illusionen. *Sie war da.*

»Elena?«

»Ja?«

»Es tut mir leid. Du weißt schon, die Sache vor deinem Abflug. Ich wollte dich nicht ausgrenzen. Ich wollte nur, dass du deinen Traum verwirklichst.«

»Ich verstehe. Und ich weiß es zu schätzen. Aber tu mir einen Gefallen: Mach das nie wieder auf diese Art, ja?«

»Versprochen.«

Schweigen. Unsicherheit, wie es weiterging. Furcht vor dem Abschied, der die vielen Kilometer zwischen uns um so deutlicher machen würde.

»Ich hätte dich gerne hier, bei mir, Miriam.«

»Wirklich?«

»Ja. Es gibt so vieles, was ich dir gern zeigen würde.«

»Vielleicht machen wir das, eines Tages?«

»Das wäre schön. Irgendwann.«

Das letzte Wort drohte mich zu ersticken, dennoch brachte ich es heraus. »Irgendwann« hatte einen Beigeschmack von »nie«, war unbestimmt. Ich wollte sie nicht eines Tages, ich wollte sie jetzt hier bei mir haben, in meinen Armen.

Als wir aufgelegt hatten, verspürte ich tiefe Einsamkeit. Ich ließ sie zu. Sie war Teil von mir, Teil meines Lebens, Teil meiner Liebe zu Miriam. Immer wieder hatten wir uns aufeinander zu bewegt und uns wieder getrennt, körperlich, symbolisch, hatten uns durch unsere Worte oftmals mehr voneinander entfernt als durch räumliche Distanz. Doch die Anziehungskraft war bislang immer stärker gewesen.

Bevor ich ins Bett ging, schickte ich Miriam eine SMS. *»Irgendwann ist zu lang. Ich möchte Dich bald wiedersehen. In Liebe, Elena.«*

13

Am nächsten Tag besuchte ich meinen Großonkel, allein. Ich war es überdrüssig, an die Hand genommen zu werden, selbst von Inés. Ich wollte endlich wissen, wie es ihm wirklich ging, wollte die Wahrheit wissen, ohne rosaroten Filter.

Als ich die Tür zu seinem Zimmer öffnete, sah ich sofort, dass es Großonkel Miguel besser ging. Er saß im Bett, das Kopfteil war hochgestellt worden, und seine Gesichtsfarbe hatte das Wächserne verloren. Bei meinem Eintreten ließ er schnell etwas in der Nachttischschublade verschwinden, holte die Zigarre jedoch wieder hervor, sobald er mich erkannte.

»Hey, wo hast du die denn her?« Ich versuchte, streng zu klingen, doch es gelang mir nicht.

»Von Inés. Aber bitte verrate uns nicht, ja?«

»Quatsch! Aber wir sollten das Fenster aufmachen, ehe die Schwester kommt, um nach dir zu sehen.«

»Tu das.«

Ich ging zu der breiten Glasfront hinüber und blieb einen Augenblick überrascht stehen. Die Aussicht über die Stadt war atemberaubend, denn die Klinik lag auf einem Hügel. Der wundervolle Blick war mir bei meinen vorherigen Besuchen entgangen.

»Dein Vater hat mich übrigens heute morgen angerufen.«

Erstaunt drehte ich mich um.

»Er hat dich angerufen? Warum das?«

»Nun, er möchte herkommen, diese Woche noch. Wie denkst du darüber, Elena?«

»Ist das wichtig?«

Er musterte mich. Seine dunkelbraunen, für sein Alter erstaunlich klaren Augen waren ernst und ruhig.

»Ja, sicher. Ich möchte deine Meinung hören, das ist bei uns so üblich. Und sei bitte ehrlich!«

Ich nickte, ging zu ihm und setzte mich auf die Bettkante. Erst jetzt entdeckte ich die zahllosen Falten, die sein Gesicht durchzogen. Wie alt mochte er sein? Achtzig? Neunzig? Sein wacher Blick und seine Neugier machten seine Gebrechlichkeit wett und ließen eine Schätzung schwer zu.

»Ich denke, es ist richtig, dass er kommt. Für ihn, für euch, vielleicht auch für mich, wer weiß?«

Er lächelte und legte seine Hand auf meine.

»Du siehst deinem Großvater ähnlich, Elena.«

»Das hast du schon mal gesagt, bei meinem ersten Besuch hier. Erinnerst du dich?«

Er griff hinter sich, pflückte ein Foto von der Wand und hielt es mir hin.

»Da, sieh mal! Und dann sag mir, dass es nicht so ist!«

Eine Schwarzweißaufnahme von Miguel und seinem Bruder, vor Jahrzehnten am Strand aufgenommen. Tatsächlich, es war nicht zu leugnen: meine Augen, meine störrischen Haare, mein Mund. Derselbe missgelaunte Gesichtsausdruck, den ich morgens beim Blick in den Spiegel so oft wahrnahm. Ich musste lachen, warf einen letzten Blick darauf, dann gab ich ihm das Bild zurück.

»Ich überlege, für länger hierzubleiben, ein oder zwei Semester Kunst hier in Barcelona zu studieren. Ich wollte es eigentlich niemandem sagen, bis sich etwas Konkretes ergeben hat. Doch andererseits finde ich es gut, wenn du es als erster weißt.«

Er sah mich an und atmete tief ein und wieder aus, ein Mal, das war die einzige Gefühlsregung, die er zeigte. Doch es genügte.

»Das ist gut, Elena. Das ist sehr gut.«

Als ich das Krankenhaus verließ, blickte ich kurz zurück auf die zahllosen Fenster, die das Licht der Vormittagssonne reflektierten. War die Entscheidung, die ich soeben getroffen hatte, richtig? Ich war mir nicht sicher. Fakt jedoch war, dass mir diese Stadt etwas bedeutete, meine Familie, trotz aller Schwierigkeiten, die ich mit der großen Nähe und dem vielen Gerede untereinander hatte, und dass ich die Verbindung nicht so schnell wieder auf ein paar Wochen Ferien im Jahr beschränken wollte. Ich veränderte mich hier, auch wenn ich diese Veränderung noch nicht benennen konnte. Irgendwie war ich angekommen. Ein fremdes, ein gutes Gefühl. Ein Gefühl, das ich nicht wieder missen mochte.

Mein Vater kam am nächsten Tag.

Inés holte ihn vom Flughafen ab. Ich wartete zu Hause; ich wollte ihnen Zeit geben, sich nach siebzehn Jahren Trennung wieder anzunähern. Sie tauchten lange nicht auf, und ich vermutete, dass sie irgendwo in ein Café gegangen waren, um ungestört miteinander zu reden. Als mein Vater schließlich im Türrahmen stand, stellte ich fest, dass er geweint hatte. Er musste sich das Gesicht mit kaltem Wasser gewaschen haben, dennoch waren seine Augen verräterisch gerötet. Er wirkte viel älter als bei unserem Abschied, der doch erst wenige Monate zurücklag; er schien abgekämpft und desillusioniert. Er tat mir leid, doch zugleich ärgerte ich mich über sein fortwährendes Selbstmitleid. Ich wusste, er hätte meine Mutter auf der Stelle zurückgenommen, wenn sie vor seiner Tür gestanden hätte. Doch das würde nie passieren, dazu kannte ich sie zu gut. Wenn sie sich einmal entschieden hatte, dann hielt sie an ihrem Entschluss fest, stolz und stur.

Es hatte sich kein Empfangskomitee versammelt wie bei meiner Ankunft; das Haus war nicht von fröhlicher Neugierde erfüllt, sondern von einer für diese Familie ungewöhnlichen Stille. Die Atmosphäre war gedrückt, da alle wussten, was geschehen war, und obwohl niemand von ihnen meine Mutter gut hatte leiden können, empfanden sie, denke ich, Mitleid mit meinem Vater. Sie zeigten keine Verachtung für seine Schwäche, keine Wut, weil er den Kontakt zu ihnen um seiner Frau willen für lange Zeit abgebrochen und zu ihr gehalten hatte, obwohl sie ihn bloßgestellt und tief verletzt hatte. Statt dessen Achtung vor seinem Schmerz und Freude, große Freude über das Wiedersehen.

Es war so still, dass mir einmal mehr bewusst wurde, wieviel Trubel sonst in diesem Haus herrschte. Und das Seltsame daran war: Er fehlte mir.

Inés nahm meinen Vater mit ins Krankenhaus zu Großonkel Miguel, und ich schulterte meinen Rucksack und fuhr mit der Metro in die Stadt. Dort ging ich in ein Internetcafé und schickte Paul die Entwürfe, die ich an diesem Morgen in aller Frühe fertiggestellt hatte. Dann hatte ich fürs erste frei. Doch ich konnte den Tag nicht genießen.

Ich fühlte mich eigenartig unausgefüllt, schlenderte lustlos zum Hafen und schaute den Yachten zu, die träge auf dem

Wasser schaukelten. Ich begriff nicht, dass mein Vater sich nicht gewehrt hatte, all die Jahre, und ich überlegte, ob ich diese Willensschwäche von ihm geerbt haben könnte. In dieser Hinsicht wollte ich auf keinen Fall so sein wie er, doch noch weniger wollte ich meiner Mutter ähneln, deren Leben so lange Jahre von Ehrgeiz und Angst bestimmt gewesen war.

Was würde von mir bleiben, wenn ich an diesem Tag einen Unfall hätte, so wie Oliver damals? Nichts als eine Erinnerung in den Gedanken meiner Verwandten, ein Bild in den Köpfen meiner Freunde, das in ein paar Jahren verblasst sein würde wie ein alter Sepia-Druck? Ein paar Zeichnungen, ein paar Kleider und Fotos? Ein nicht groß bemerkenswertes Leben in Berlin, zwischen zwei Jobs hin- und herhetzend, die ich brauchte, um zu überleben, Kellnern, Comics zeichnen, eine unpersönliche Wohnung als Bleibe, ab und zu die Fahrten nach Hamburg als Ziel der Sehnsucht, Abende mit Richard, um die Zeit bis dahin durchzustehen, über die Einsamkeit hinwegzutäuschen. Sah so meine Vorstellung von Zukunft aus? Was hatte ich zu verlieren, wenn ich eine Weile in Barcelona blieb?

Ich setzte mich auf den Steg, lehnte meinen Rücken gegen einen Holzpfahl und legte das Gesicht in die Hände. Über mir kreischte eine Möwe, ein klagender, langgezogener Ton. Die Sonne schien warm auf meinen Nacken, und ich spürte, wie ein einzelner Tropfen Schweiß meinen Rücken hinunterrann. Meine Lippen waren trocken vom Wind, kein einziges Wort drang zwischen ihnen hervor, und dennoch dachte ich ihren Namen, die ganze Zeit. Ohne Miriam würde die Zeit unerträglich sein.

Bei meiner Rückkehr war das Haus noch immer von Stille erfüllt; die Küche war verlassen, was höchst selten vorkam. Ich warf meinen Rucksack achtlos in die Ecke, ging zur Spüle hinüber, ließ mir ein großes Glas Wasser ein und trank es in einem Zug leer, ehe ich es noch einmal füllte.

»Du musst Elena sein.«

Überrascht drehte ich mich um.

»Und wer bist du?«

Ein junger Mann lehnte im Türrahmen, die Hände in den Hosentaschen vergraben. Er erinnerte mich an Oliver, nur dass er größer und älter war und seine Haut gebräunt. Er kam mir vage bekannt vor. Aufmerksam musterte ich ihn.

»Ich bin Sergio, einer der beiden Söhne von Teresa.«

»Wie kommt es, dass wir uns bisher nicht begegnet sind?«

»Ich bin Fotograf. Ich war zwei Wochen in Rom. Beruflich.«

»Ah. Ich bin Malerin.«

»Das habe ich schon gehört.«

»Ach, ja?«

Ich trank das zweite Glas leer; dann stellte ich es in die Spüle.

»Du hast große Ähnlichkeit mit deinem Großvater«, meinte Sergio.

»Das höre ich in letzter Zeit öfter.«

Er grinste verstohlen.

Ich lehnte mich mit dem Rücken an die Tür zum Garten und verschränkte die Arme vor der Brust.

»Willst du eine Zigarette?«

Er hielt mir die halbvolle Schachtel hin, und ich griff zu, um meine Hände zu beschäftigen, obwohl ich wusste, dass ich in letzter Zeit zuviel rauchte. Es tat mir nicht gut und war mir dennoch gleichgültig.

»Wo ist dein Bruder?«

In mir zog sich alles zusammen, und für eine Sekunde glaubte ich, mein Magen würde sich weigern, das Frühstück bei sich zu behalten. Ich nahm einen Zug, inhalierte den Rauch tief und bemühte mich, Sergio nicht merken zu lassen, wie mein Herzschlag raste.

»Du weißt doch, dass er tot ist!«

Sergio hielt den Blick gesenkt, blies den Rauch in Richtung seiner Zehenspitzen und schwieg.

»Er hatte vor drei Jahren einen Autounfall.«

Er sagte nicht, dass es ihm leid täte. Ich begriff gleich darauf, dass sein Schweigen es mir leichter machte. Etwas hatte sich verändert. Ich wollte nicht mehr um das Thema herumschleichen und trauern – ich wollte darüber reden, mich an ihn erinnern, so wie er zuletzt gewesen war, lebendig. Vor allem wollte ich darüber reden.

Sergio räusperte sich. »Weißt du, ich war einige Jahre fort. Ich habe im Ausland gearbeitet. Meine Frau war – nun, sie passte der Familie nicht, vor allem Miguel. Da er hier das Sagen hat, ich mir aber nichts sagen lassen wollte, habe ich meine Sachen gepackt und bin mit ihr fortgegangen, nach Italien. Ich bin erst vor kurzem zurückgekommen.«

Er blickte mich an, und ich sah, dass es alles andere als einfach für ihn gewesen war.

»Und wo ist deine Frau jetzt?«

Er sah hinaus in den Garten, als hätte er meine Frage nicht gehört, und beobachtete eine dreifarbige Katze, die sich soeben auf der Terrasse zusammenrollte.

»Hör zu, Elena. Magst du die Berge?«

Sein abrupter Themenwechsel erinnerte mich an Inés und versetzte mich kaum mehr in Erstaunen. Ich zuckte die Schultern.

»Sicher.«

»Ich fahre gleich in die Pyrenäen, in den Parc Nacional

d'Aigüestortes, ein Auftrag für eine Zeitschrift. Wenn du magst, komm doch mit. Wir sind morgen gegen mittag wieder zurück.«

»Du kennst mich doch gar nicht.«

»Ich möchte dich kennenlernen. Andernfalls hätte ich es dir nicht angeboten.«

Ich betrachtete ihn, wie er dastand, die Hände in den Hosentaschen, genau so, wie ich es immer tat, wie Oliver es immer getan hatte. Er war mein Cousin, warum also nicht? Warum nicht etwas sehen von dem Land, aus dem mein Vater stammte?

»Ich komme mit. Unter einer Bedingung.«

»Und die wäre?«

»Dass du mir eine Viertelstunde zum Packen gibst.«

Sergio lächelte und sah auf die Uhr.

»Die Zeit läuft.«

Ich war schon an der Tür, als er mich noch einmal zurückrief.

»Elena?«

»Ja?« Fragend blickte ich ihn an.

»Hast du die CD eigentlich jemals bekommen?«

»Ja.« Meine Stimme klang rauh. »Es tut mir leid, dass ich dir damals nicht auf deinen Brief geantwortet und für die CD gedankt habe. Ich war einfach noch nicht soweit. Doch ich habe die Musik wieder und wieder gehört.«

Er hob die Hände.

»Du musst dich nicht entschuldigen. Dass du sie hörst, war das einzige, was ich wollte. Inés hat uns allen natürlich sofort von dem schrecklichen Unfall erzählt, gleich nachdem dein Vater sie angerufen hat.«

»Und warum hast du mich dann vorhin nach ihm gefragt?«

»Weil ich wissen wollte, wie du reagierst. Ob du darüber sprichst. Ich tue es nämlich nicht.«

Ich trat einen Schritt auf ihn zu.

»Was meinst du damit?«

Er atmete tief durch.

»Hör zu, ich werde es dir erzählen, aber nicht hier, nicht jetzt. Heute abend, ja? Wenn wir allein sind.«

Ich wollte mich von meinem Vater verabschieden, ehe ich fuhr, und suchte im ganzen Haus nach ihm. Schließlich fand ich ihn im Arbeitszimmer von Großonkel Miguel im Erdgeschoss, an dem alten Klavier. Er hatte eine halbleere Flasche Brandy neben sich und klimperte zum x-ten Mal eine Melodie aus *Casablanca*, dem Lieblingsfilm meiner Mutter. Mit drei Sätzen war ich bei ihm, schnappte mir die Flasche und schlug den Klavierdeckel zu.

»Hör sofort damit auf! Dein ewiges Selbstmitleid kotzt mich an, Vater!«

Er starrte mich an. Einen Moment lang dachte ich, er würde mir zum ersten Mal in meinem Leben eine Ohrfeige verpassen, doch dann sackte er in sich zusammen und fing an zu weinen. Ich sah hinunter auf seinen bebenden Rücken, und mein Zorn verrauchte im Nu. Ich legte die Arme um ihn, so wie er es früher als Kind mit mir gemacht hatte. Doch ich wusste, dass ich ihn vor dem Schmerz nicht in Schutz nehmen konnte, genausowenig wie er mich damals davor hatte bewahren können.

Sergio wartete in seinem Wagen, einem alten Jeep, als ich die Stufen vom Haus zur Straße hinunterging. Ich hatte einige wenige Sachen – Zahnbürste, Schlafanzug, Unterwäsche zum

Wechseln – in meinen Rucksack gestopft und Inés Bescheid gegeben. Schnell ließen wir Barcelona mit seiner Dunstglocke hinter uns und fuhren durchs Hinterland. Es war angenehm warm, doch Sergio wies mich auf die Wolken am Himmel hin.

»Es wird regnen heute nacht«, meinte er.

»Woher weißt du das?«

»Ich war schon oft genug in der Wildnis, glaub mir.«

»Und trotzdem fahren wir in die Berge?«

»Ja. Es gibt dort eine Hütte, in der wir übernachten können, keine Sorge. Warst du nie dort mit deinem Vater? Früher, meine ich?«

»Nein. Ich glaube nicht. Ich schätze, ich würde mich erinnern.«

»Ja, das würdest du, da bin ich sicher.«

Ich lehnte mich schläfrig zurück in das warme Polster und ließ die Landschaft mit ihren kleinen Dörfern und Städten an mir vorüberziehen. Das monotone Motorengeräusch und die Hitze lullten mich ein, dazu kam die Erschöpfung, weil ich zu wenig Schlaf gefunden hatte. Ich musste eingeschlafen sein, denn ich schreckte auf, als Sergio mich sanft am Arm rüttelte.

»Hey, Elena, Zeit zum Einkaufen!«

Er hielt in einem kleinen Ort namens Espot am Rande des Nationalparks. Es war Markttag, und die Nachmittagssonne schien warm auf einige Stände, die Gewürze, Käse, Oliven, Obst und Gemüse, Wein und Brot anboten. Wir deckten uns mit den nötigen Vorräten für den Abend ein, dann stiegen wir wieder in unser Auto und fuhren immer höher hinauf in die Berge. Es wurde merklich kühler, und auf den Gipfeln lag hier und da Schnee.

»Schließ die Augen!«

»Was?«

»Vertrau mir. Tu es einfach.«

Ich tat es.

Nach einer kleinen Ewigkeit erklang seine Stimme erneut. »Und jetzt mach sie wieder auf!«

Vor mir ein Gebirgssee, endlos, wie ein Spiegel.

»Voilà: der Estany Negre. Übrigens der höchstgelegene See des ganzen Parks.«

Er hielt an und ließ mich aussteigen, ehe er die letzten Meter zum Ufer hinunterrollte und dort auf einer Wiese parkte. Die Schatten des Gebirgsmassivs hatten das Tal bereits erreicht, und ich fröstelte in meinem kurzärmeligen T-Shirt. Ich ging über den schmalen Kieselstrand zum See hinunter, bückte mich und tauchte meine Finger in das Wasser. Es war kalt, so kalt, dass es mir den Atem nahm.

Sergio hatte schon begonnen, unser Gepäck und seine Kameraausrüstung in die kleine Holzhütte zu schleppen, die unweit des Wagens im Schutz einiger Tannen stand.

»Hey, woher hast du eigentlich den Schlüssel?«

»Die Hütte gehört einem Freund von mir. Er ist Ornithologe.«

»Ah ja. Gibt es hier eigentlich irgendwelche wilden Tiere? Ich meine, in einem Nationalpark in den Pyrenäen ...«

Ich schnappte mir seine Filmtasche und ging auf die Hütte zu, um sie in Augenschein zu nehmen. Sergio lachte und drehte sich um.

»Denkst du, ich würde dich hierherlotsen, wenn es hier noch Bären gäbe, so wie früher? Das einzige, was du hier finden wirst, sind Bergziegen, Biber und Fischotter. Und Adler.« Er lächelte. »Die können allerdings schon ziemlich ungemütlich werden, wenn du beschließen solltest, ihrem Horst zu nahe zu kommen.«

»Danke für den Hinweis, aber das habe ich nicht vor!«

Der Hütte bestand aus einem einzigen, zweckmäßig eingerichteten Raum: Zwei frischbezogene Betten an den Wänden, ein Tisch mit zwei Stühlen, die Holzplatte blankgescheuert, eine winzige Kochnische, ein Spülbecken, das war alles. Wir luden unsere Lebensmittel auf dem Tisch ab und gingen wieder hinaus, um das letzte Sonnenlicht zu nutzen. Wir kletterten einen schmalen Pfad hinauf, der sich in den Wald schlängelte, und entdeckten einige Bergziegen ganz oben an den Hängen und sogar einige weiße Lilien zwischen den Birken. Es war still bis auf das Vogelgezwitscher, und die Luft roch nach Erde und Sommer.

Nach unserer Rückkehr nahmen wir unser Abendessen, das aus Brot, Oliven, Käse und Wein bestand, mit an das Ufer des Sees.

»Sag mal, was für Fotos sollst du hier eigentlich machen?«

»Auerhähne, die gibt es hier noch recht zahlreich. Ein Naturschutzmagazin hat mir den Auftrag gegeben. Ich weiß, wo die Auerhähne ihr Revier haben. Ich bin schon als kleiner Junge hierhergekommen. Und um dich gleich mal vorzuwarnen: Ich werde morgen früh sehr zeitig aufstehen müssen.«

»Und was fotografierst du sonst so? Immer nur Tiere?«

»Nein, aber hauptsächlich. Ich habe einige Semester Meeresbiologie studiert und dann umgesattelt auf Fotografie. Mit meiner Unterwasserkamera habe ich ein paar irre Aufnahmen von Walen gemacht – die kann ich dir mal zeigen, wenn wir zurück sind.«

»Ja, gern.«

Wir schwiegen und starrten auf das Wasser, tranken den Wein direkt aus der Flasche und teilten uns eine Zigarette, die Sergio hinterher sorgfältig im Sand ausdrückte.

»Du hast mir heute morgen eine Frage gestellt, und ich habe dich auf später vertröstet. Ich schätze, jetzt ist der Zeitpunkt gekommen.«

Er nahm einen Kieselstein und betrachtete ihn einen Augenblick, dann schleuderte er ihn mit aller Kraft hinaus auf den See. Die glatte Oberfläche löste sich auf in eine Vielzahl vollkommener Kreise.

»Meine Frau ... Sie ist tot. Sie ist letztes Jahr an Krebs gestorben. Das ist der Grund, warum ich aus Italien zurückgekehrt bin, obwohl ich mir damals geschworen hatte, es nicht zu tun. Die letzten beiden Wochen war ich in Rom, um unsere Wohnung aufzulösen.«

Ich schwieg und blickte auf meine Hände, ohne Worte zu finden. Es gab keine, die mir angemessen schienen.

Sergio seufzte tief.

»Ich habe nie erfahren, wie dein Bruder eigentlich gestorben ist. Es war ein Autounfall, nicht? Aber wie ist es passiert?«

Es war, als müsste ich die Sätze ganz tief aus meinem Inneren hochholen.

»Er war auf dem Rückweg von einer Party bei einem Freund. Er hatte nichts getrunken, doch auf der Straße kam ihm ein Wagen entgegen, Disco-Besucher. Der Fahrer hatte einiges intus, hat uns die Polizei später erzählt. Oliver versuchte auszuweichen, doch das andere Auto hat ihn von der Straße gedrängt. Er hat sich überschlagen und ist gegen einen Baum geprallt. Er war sofort tot.«

Es war kalt in mir, leer, nichts existierte in mir außer dem Schmerz, die Erinnerung an den Abend drei Jahre zuvor, die uniformierten Männer vor unserer Tür, mitten in der Nacht, das aschfahle Gesicht meines Vaters, die sachlichen Fragen meiner Mutter, immer wieder, wie bei einer Platte, die einen

Sprung hat, so als könne sie die Wahrheit durch Wiederholung erträglicher machen. Dazwischen ich auf der Treppe, ausgeschlossen, bis jetzt, die Gedanken weggesperrt bis zu diesem Abend, nie in Worte gefasst, nie hinterfragt. Die Erkenntnis, ihn verloren zu haben, die alles andere auslöschte, es war, als fließe sie in diesem Moment aus mir heraus, und wider Erwarten tat das Loslassen gut. Es tat weh, doch es war unendlich erleichternd.

Wir rauchten, schweigend. Fühlten uns gehalten durch die Gewissheit, dass der andere da war und verstand; das Schweigen wertvoller in diesem Augenblick als Worte, als Berührungen. Gemeinsam sahen wir zu, wie sich die Nacht auf den See legte und die Berge einhüllte, bis sie zu unsichtbaren Silhouetten in der Ferne verblassten. Es wurde kalt, kein Stern war zu sehen, dichte Regenwolken hatten sich davorgeschoben. Ich fröstelte, und Sergio erhob sich und streckte mir die Hand entgegen.

»Lass uns reingehen.«

Als ich am anderen Morgen erwachte, war Sergio fort. Sein Bett war leer, seine Kameraausrüstung war fort. Ich sah auf meine Armbanduhr. Halb neun. Langsam erhob ich mich und ging zum Fenster, an dem ein kleiner weißer Zettel klebte: *»Konnte nicht länger schlafen, bin um fünf aufgestanden und auf Motivsuche gegangen. Bis nachher! Sergio.«*

Ich machte mir einen Kaffee, nahm ihn mit hinaus und setzte mich mit angezogenen Knien auf die Bank vor der Hütte. Es war noch kühl, und in der Nacht musste es geregnet haben. Ich blies in den Becher mit dem dampfenden, pechschwarzen Gebräu und betrachtete den ruhig daliegenden See und die Berge dahinter, spürte das feste Holz in meinem Rücken und fühlte mich zum ersten Mal seit langer Zeit wirklich frei. Es war gut, hierhergekommen zu sein, nach Barcelona, hier in die Berge. Ich würde wiederkommen, und dann für länger. Doch zunächst musste ich zurück zu ihr.

Um kurz vor zehn sah ich Sergio durch die Bäume auf mich zukommen, mitsamt seiner Kameraausrüstung. Er sah entspannter aus als am Vortag. Um seine Lippen und in seinen Augenwinkeln lag ein verschmitztes Lächeln.

»Guten Morgen, Cousine!«

Er setzte sich neben mich auf die Bank und streckte aufatmend die langen Beine aus.

»Du Verräter! Hattest du Angst, ich verscheuche dir deine Auerhähne?«

»Nein.« Er sah mir in die Augen. »Aber du hast so friedlich ausgesehen im Schlaf, dass ich es nicht übers Herz gebracht habe, dich zu wecken.«

Blickkontakt, ich versank in dem dunklen Braun seiner Augen, das an diesem Morgen beinahe schwarz wirkte; ich spürte, wie mich eine Welle von Zuneigung erfasste.

»Ich habe mal etwas gelesen, das ich sehr tröstlich fand«, bemerkte ich.

Ein kühler Wind erhob sich und kräuselte die Oberfläche des Sees, dann war es wieder still. Ich fuhr mir mit der Hand durch das Haar und faltete anschließend die Hände im Nacken. Sergio beobachtete mich aufmerksam.

»Jemand hat einmal gesagt, dass die wenigsten Menschen heute noch wissen, was sie mit einer schmerzvollen Erfahrung anfangen sollen, die sie machen – dass man sie zulassen, sie berühren, sich auf sie einlassen sollte, dann jedoch in das Leben zurückkehren und sich der Realität wieder öffnen muss.

Sonst verschließt man sich vor dem, was noch kommt.«

Sergio nickte, ließ den Blick über das Wasser schweifen, tief in seine eigenen Gedanken versunken. Dann, nach einer Ewigkeit, seine Antwort: »Ja. Ich denke, du hast recht. Ich hoffe es!«

Ein schwaches Lächeln, dann stand er auf, ging zum Ufer hinunter und zündete sich eine Zigarette an. Ich blieb sitzen und sah ihm zu, seine Silhouette vor der atemberaubenden Kulisse klein, doch unverwechselbar, die dünne Rauchfahne, die er in die Luft schickte. Ich wusste, noch bevor er vergangen war, dass sich dieser Augenblick für immer in meine Erinnerung einprägen würde.

Gegen mittag packten wir unsere Sachen, räumten die Hütte auf, beseitigten unsere Spuren am Ufer und machten uns auf den Heimweg.

Sergio fuhr zunächst zu seiner Wohnung, um die Filme vor der Hitze in Sicherheit zu bringen.

»Willst du mit raufkommen?«

Ich warf einen Blick auf die wenig vertrauenerweckend aussehende Straße, auf der eine Clique Jugendlicher herumlungerte, dann auf das alte fünfstöckige Haus, in dem er lebte.

»Ja.«

Zwei winzige Zimmer, eine enge Küche und ein schmales Bad, in das eine Duschkabine eingebaut worden war; das Fenster des Schlafzimmers ging auf den Hinterhof hinaus. Laute Musik war zu hören, ein Ehepaar stritt sich, eine Katze schrie, zwei Kinder beim Seilspringen zwischen den Teppichstangen. Grauen Fassaden bildeten den einzigen Ausblick.

»Warum lebst du so ärmlich? Warum tust du dir das an?«

»Warum weigere ich mich, Geld von Miguel anzunehmen,

meinst du wohl? Ich habe keine Lust auf dieses Familiengeklüngel – nicht nach allem, was passiert ist. Ich kann von meinen Aufträgen leben. Im Moment zwar noch nicht gut, aber das kommt schon noch.«

Der gleiche Stolz wie bei Inés, die weiterhin ihren alten verrosteten Mercedes fuhr, anstatt Miguels Unterstützung anzunehmen.

Die Küche sah noch am behaglichsten aus. Eine Espressomaschine, einige leere Weinflaschen mit Kerzen darin, ein Radio, das Miguel sofort anschaltete. Eine katalanische Sendung. Nachdenklich musterte er mich einen Moment.

»Du verstehst nicht, was sie sagen, oder?«

Ich zuckte die Schultern.

»Nein, tut mir leid. Ich hatte keine Zeit, es richtig zu lernen.«

Er drehte weiter an dem Knopf, eine spanische Frauenstimme erklang, dann Musik.

»Willst du einen Espresso?«

Mit dem Kopf wies er auf die Espressomaschine.

»Gerne.«

Während er beschäftigt war, schlenderte ich durch die Wohnung. Ein Wohnzimmer gab es nicht, statt dessen ein Arbeitszimmer mit einer provisorisch abgeteilten Dunkelkammer, Unmengen von Kontaktabzügen, Negativen, Zeitschriften, ungeöffneten Kisten. Auffallend wenig Persönliches.

Sergio trat hinter mich.

»Das in den Kartons sind ihre Sachen. Ich bringe es nicht fertig, sie auszupacken. Ich schätze, ich werde sie irgendwann in den Keller räumen. In ein paar Wochen vielleicht.«

Er verstummte. Ich lehnte mich an ihn, ganz leicht, so dass ich seine Brust an meinem Rücken spüren konnte. Ich drehte mich nicht um. Ich musste ihn nicht ansehen, um die Trauer und die Einsamkeit in seinen Augen zu lesen. Ich kannte sie nur zu gut.

14

Die Rückkehr in das große Haus fiel mir schwer, auch wenn wir nur vierundzwanzig Stunden weggewesen waren. Die Hitze in der Stadt schien mir erdrückend nach der frischen Luft in den Bergen. Ich flüchtete ins Badezimmer und ging minutenlang unter die Dusche; dann schlüpfte ich in frische Klamotten. Dennoch fühlte ich mich bereits nach fünf Minuten wieder verschwitzt. In der Küche traf ich Inés, auch sie stöhnte über die Hitze. Gemeinsam gingen wir hinaus in den Garten, jede ein großes Glas Eistee aus dem Kühlschrank in den Händen. Wir setzten uns auf dieselbe Bank, auf der wir einige Tage zuvor gesessen hatten; heute lag sie im Schatten einer großen Platane.

»Wo steckt eigentlich mein Vater?«

»Bei Miguel, schätze ich. Er hat gestern schon viel Zeit mit ihm verbracht. Ich glaube, es hilft ihm irgendwie, mit einem anderen Mann über die Trennung zu reden.«

Ich nickte, trank und spürte, wie die kalte Flüssigkeit meine ausgetrocknete Kehle hinunterglitt. Für einen Moment war ich versucht, sie nach Sergios Frau zu fragen, doch dann unterließ ich es. Zu nah noch waren seine Worte, die Vertrautheit zwischen uns. Vielleicht später einmal.

»Inés, ich werde zwei Tage früher zurückfliegen als geplant. Ich muss etwas erledigen. In Hamburg.«

Ich hatte ihr bereits von meiner Entscheidung erzählt, für einige Monate zum Malunterricht nach Spanien zu kommen, daher nahm sie meine Eröffnung recht gelassen auf.

»Ich frage nicht weiter. Sag mir nur eines: Hat es mit deiner Mutter oder mit Miriam zu tun?«

»Letzteres.«

»Dann ist es ja gut.«

Gegen abend kehrte mein Vater aus dem Krankenhaus zurück. Er war verändert; seine Haltung war aufrechter, und seine Gesichtszüge hatten ein wenig von der uferlosen Trauer verloren. Er lächelte sogar, als er mich auf der Terrasse sitzen sah, wo es einigermaßen kühl war, und hockte sich neben mich. Er legte mir kurz die Hand auf den Arm.

»Hallo, Elena.«

»Hallo.«

Ich grinste verstohlen. Etwas derart Spontanes hatte er seit Jahren nicht mehr getan.

»Wie war es in den Pyrenäen?«

»Phantastisch.«

»Das dachte ich mir. Ich war als Kind oft dort. Hast du die Ziegen gesehen – gibt es die immer noch?«

»Ja, allerdings.«

Er lachte leise, dann stützte er das Kinn in die Hand und sah vor sich hin.

»Elena, ich muss dir etwas sagen. Du sollst es als erste erfahren, noch vor deiner Mutter: Ich werde aus der Kanzlei ihres Vaters aussteigen und mich wieder auf Familienrecht spezialisieren. Weißt du, ich habe Steuerrecht nie wirklich gemocht.«

»Ich weiß.«

Überrascht betrachtete er mich von der Seite. Dann seufzte er.

»Ich schätze, ihr beide, du und Oliver, habt eine Menge mehr mitgekriegt, als wir gedacht haben, nicht wahr? Ich werde das

Haus verkaufen und mir eine Wohnung in der Innenstadt nehmen. Du bist mir aber natürlich jederzeit willkommen. Ich möchte, dass du das weißt.«

Ich betrachtete sein Profil, die ersten grauen Strähnen in seinem dichten schwarzen Haar.

»Darf ich dich mal etwas fragen, Vater?«

»Sicher. Alles, was du willst.«

»Hasst du sie eigentlich dafür, dass sie dich betrogen hat? Und nun sogar zum zweiten Mal? Dafür, dass sie von dir verlangt hat, deine Familie zu verlassen?«

»Nein. Ich habe sie nie gehasst. Ich bin nur enttäuscht. Und müde. Wir hätten uns schon vor langer Zeit trennen sollen, als ihr noch klein ward.«

Ich nickte. Friedliches Schweigen.

»Ich werde hierher zurückkommen und einige Zeit bleiben, zum Malen.«

Wieder sah er mich von der Seite an, und diesmal erwiderte ich seinen Blick.

»Wirklich?«

»Ja. Gefällt dir die Idee nicht?«

»Doch! Ich hatte nur nicht damit gerechnet. Vielleicht hatte ich es insgeheim gehofft, aber erwartet? Nein. Weiß Miguel es schon?«

»Ja.«

»Wenn du finanzielle Unterstützung brauchst, lass es mich wissen.«

»Danke, ich komme bestimmt darauf zurück.«

Ich zog die zerknautschte Schachtel Zigaretten, die Sergio mir überlassen hatte, aus der Hosentasche.

»Darf ich auch eine?«

Erstaunt zog ich die Augenbrauen hoch.

»Seit wann rauchst du?«

»Seit heute.«

Ich lächelte ihn an, zuckte die Schultern und gab ihm Feuer. Entspannung auf beiden Seiten; ein erster Schritt, wenn auch nur ein kleiner.

Vor dem Abendessen versuchte ich Miriam zu erreichen. Ohne Erfolg. Nur die Mailbox am anderen Ende der Leitung. Meine Sehnsucht ging ins Leere. Ich fing an, meine Sachen zu packen. Am nächsten Morgen würde ich mich auf den Weg zu ihr machen.

Ich versuchte mir die kommenden Monate vorzustellen, ohne sie, mit ihr. Hatte ich ihr oft genug gesagt, was ich für sie empfand? Auf einmal fielen mir lauter verpasste Gelegenheiten ein, vertane Chancen. Zu oft in letzter Zeit hatte ich ihrem Atem am Telefon gelauscht, wortlos, unfähig, auszudrücken, was in mir vorging. Zu wenig Zeit für Berührungen, Zeit, sie in den Armen zu halten. Zu wenig Zeit für uns.

Das Mobile aus bunten Emaille-Fischen, ein Überbleibsel aus Rosalias Kindheit, schwang leise vor dem geöffneten Fenster im Wind. Ab und zu fuhr ein Auto unten auf der Straße vorbei, dann war es wieder still. Ich hatte mich wohl gefühlt hier in den letzten Tagen, meine Skizzen türmten sich neben dem Bett. Ich ließ meine Gedanken zu meiner Ankunft hier in Barcelona, hier bei meiner Familie zurückwandern, zu meiner anfänglichen Unsicherheit, bis ich Stimmen unten im Flur vernahm, das Öffnen der Haustür. In diesem Moment klingelte mein Handy.

»Ja?«

Miriams Stimme, laut und fröhlich, atemlos.

»Hi! Rate, wo ich gerade bin?«

»Keine Ahnung. In Hamburg?«

»Noch, ja.«

Im Hintergrund eine Geräuschkulisse wie am Flughafen, Lautsprecherstimmen, Gesprächsfetzen.

»Was heißt hier noch? Willst du verreisen?«

»Ja.«

Ein feiner Stich im Herzen, leise Enttäuschung.

»Und wohin?«

»Nach Spanien. Barcelona.«

»Miriam, das ist nicht dein Ernst, oder?«

»Wenn du mich haben willst – doch.«

»Was ist mit Tim?«

»Ich hab ihn bei Bianca untergebracht, sie hat eine Woche Urlaub und sich gerade von ihrem neuen Freund getrennt. Sie war geradezu begeistert über die Ablenkung.«

»Das ist verrückt. Ich war gerade dabei zu packen, ich wollte morgen zu dir fliegen.«

»Na, das kannst du dir jetzt ja sparen, oder?«

»Ja, das kann ich.«

Schweigen. Zärtlichkeit erfüllte mich.

»Wann bist du hier? Ich hol dich natürlich ab.«

Sie nannte die Uhrzeit, dann legte sie auf, weil ihr Flug aufgerufen wurde.

Innehalten für den Augenblick, nur langsam begriff ich, zunächst im Kopf, dann im Bauch. Der Gang zu Inés, um mir ihr Auto zu leihen, sie umarmte mich ohne viele Worte. In ihren Augen sah ich, dass sie sich mit mir freute.

Der Weg einige Stunden später zum Flughafen erschien mir endlos; ich war zum ersten Mal allein auf den Straßen Barcelonas unterwegs, doch meine Nervosität rührte nicht daher. Ich sah in den Spiegel, angespannt, meine Finger zitterten. Wie würde unser Wiedersehen sein, nach der letzten Trennung? Wie würde es sich anfühlen?

Ich war viel zu früh dran. Ihr Flug befand sich noch ganz unten auf der Anschlagtafel. Ich hatte viel Zeit, um zu mir zu finden, meinen Herzschlag zu beruhigen. Warten auf Miriam.

Ich setze mich in einen der Sessel inmitten der anderen Wartenden, doch lange hielt ich es nicht aus, dann begann ich ruhelos in der Halle umherzulaufen. Nach einer halben Ewigkeit wurde ihr Flug als gelandet angezeigt. Ich wusste, sie würde eine Weile auf ihr Gepäck warten müssen, und dennoch stellte ich mich bereits hinter die Barriere, wo ich den ersten Blick auf sie erhaschen würde. Ich versteckte meine zitternden Hände in den Hosentaschen; dann, endlich, öffnete sich die Automatiktür und entließ einen Trupp Passagiere. Miriam kam als letzte, ich entdeckte ihre schmale Gestalt sofort.

Wir standen voreinander, ohne uns zu berühren, verunsichert, für eine Sekunde, ihre Augen erschienen mir von einem noch helleren Blau als sonst. Dann zog ich sie an mich, nahm sie in die Arme, barg mein Gesicht in ihrem Haar. Ihr Duft wieder in meiner Nase, die Augen geschlossen, ihr vertrauter Körper an meinem, ihre Hände auf meinem Rücken, sicher und entschlossen.

Ich brachte sie nach Hause, wo sie herzlich begrüßt wurde. Das Abendessen währte endlos, zwei lange Stunden, während derer wir uns nicht berührten, nichts als Blicke austauschten. Ich beobachtete sie; sie hatte ihr langes Haar zu einem Knoten hochgesteckt und sah mehr denn je wie eine Tänzerin aus. Das Video fiel mir wieder ein, das ich von ihr gesehen hatte, die Anstrengung in ihrem Gesicht, das absolute Aufgehen im Augenblick. Sie hatte ihn gelebt, ihren Traum, auch wenn sie sich irgendwann davon hatte verabschieden müssen. Und ich wollte das gleiche tun. Ich wollte ein Jahr in Barcelona verbringen, um zu lernen, um zu malen. Und ich begriff plötzlich, dass sie mich nicht daran hindern, sondern mich eher in meinem Wunsch bestärken würde, weil sie ihre Erfahrung gemacht hatte. Sie würde dasein, sie war die ganze Zeit dagewesen.

In der Nacht ihr Körper, vertraute Nähe. Ihr Gesicht in der Dämmerung über mir, ihre Fingerspitzen auf meiner Wange.

»Wie geht es weiter, Miriam?«

»Ich weiß es nicht.« Ihre Stimme ein heiseres Flüstern.

»Ich will hierher zurückkommen und einige Monate bleiben, vielleicht ein Jahr. Um zu malen.«

»Ich habe es geahnt.«

»Was wird dann aus uns?«

Sie legte ihren Kopf auf meine Brust und fuhr mir mit der Hand durch das Haar.

»Denkst du, wir haben eine Chance, Elena? Trotz der Entfernung, den zwei verschiedenen Welten?«

Würde das unsere Zukunft sein? Zwei Welten, zwei Leben, nichts als Berührungspunkte?

»Ich will dich nicht verlieren, Miriam, das ist alles, was ich weiß.«

Sie hob den Kopf und lächelte mich an.

»Es muss ja nicht so kommen, das weißt du. Wir finden schon eine Lösung.«

Ich zog sie an mich und hielt sie fest, während die Schatten der Bäume und der Straßenlaternen über die Zimmerdecke wanderten, bis die Dunkelheit der Dämmerung Platz machte. Ein neuer Tag, ein Tag mit ihr. Alles, was zählte.

Epilog

Barcelona
Dezember 2002

Ich halte den Kaffeebecher in den Händen und betrachte die Dächer unter mir. Halb sieben, der Himmel über Barcelona färbt sich allmählich blau. Menschen auf dem Weg zur Arbeit auf dem Gehsteig gegenüber, der Alltag erwacht. Ich habe von ihr geträumt in der Nacht, nicht zum ersten Mal, ein verwirrender, intensiver Traum, der mich durch den Tag begleiten wird. Zeit, an sie zu denken, während ich male, Zeit, sie in Gedanken zu berühren, auf dem Weg ins Limón Negre, wo ich mit Inés zum Frühstück verabredet bin, ein Ort für unsere Sehnsucht, unsere Zweifel, unsere wachsende Freundschaft.

Vorher mache ich einen Abstecher auf den kleinen Markt in der Altstadt, tauche ein in das Stimmengewirr, in den Duft von Gewürzen, die satten Farben. Berühren, betrachten und eine innere Zufriedenheit in mir, das Sonnenlicht zwischen den Ständen, winterfahl, jedoch wärmend, von innen.

Die Weinhandlung an der nächsten Straßenecke, die Verkäuferin greift automatisch nach dem Rioja, wenn ich zur Tür hereinkomme. Dennoch jedesmal das gleiche Ritual: Ich lasse meine Hände über die Flaschen gleiten, beinahe zärtlich, lausche dem Verkehrslärm, der hier drinnen gedämpft klingt.

Renée? Ich habe sie nur ein einziges Mal wiedergesehen, mit Richard zusammen in einer unserer Stammkneipen, zwischen Kistenpacken und Abschiednehmen von Berlin. Sie hatte ein dünnes, englisches Model namens Julianne dabei und sah einfach großartig aus. Wie ich inzwischen erfahren habe, hat sie den Job als Assistentin am Fachbereich Politikwissenschaften bekommen, für den sie so gekämpft hat, und ich bin mir sicher, sie wird die Geduld ihrer Professorin mit ihrem Temperament noch manches Mal auf die Probe stellen. Sie gefunden und verloren zu haben betrachte ich mittlerweile als einen Teil des Weges, den ich gehen musste. Nein: gehen wollte.

Meine Mutter lebt nun schon seit einiger Zeit mit ihrem neuen Freund zusammen und hat letzte Woche die Scheidungspapiere unterzeichnet. Er ist ebenfalls Anwalt, sie hat sich also nicht allzu sehr umstellen müssen. Wir telefonieren ab und an, und ich glaube, sie ist glücklich, viel glücklicher, als sie es jemals mit uns war. Ich hoffe, ich werde ihr das verzeihen können. Eines Tages vielleicht.

Inés wartet bereits im Café auf mich, als ich eintrete. Sie sitzt an unserem Lieblingstisch hinten rechts in der Ecke; vor ihr liegen neben der obligatorischen Schachtel Zigarillos und der halbgeleerten Kaffeetasse ein Dutzend weiße Callas. Der Duft hinter ihrem Ohr, als ich sie umarme, ist vertraut und dennoch fremd, durchdrungen von einer zweiten, herberen Note. Ihre Augen strahlen hinter der neuen randlosen Brille. Sie hat ihn getroffen. Sie hat einen Liebhaber, meine Tante, der ihr hervorragend bekommt. Das erste Mal habe ich ihn in diesem Café gesehen, aus purem Zufall, weil ich zu früh zu unserer Verabredung kam. Da saß er und hielt ihre Hand, ein Mann in den Sechzigern mit gebräunter Haut, unzähligen Lachfältchen, weißem Haar, Vollbart, dunklen leuchtenden Augen. Er reichte mir die Hand und begrüßte mich mit einer Stimme, die so tief und warm war, dass ich augenblicklich verstand, was Inés an ihm faszinierte. Der Familie hat sie noch nicht von ihm erzählt; sie bewahrt sich vorläufig ein Geheimnis.

Ich schaue auf die Uhr, als der Kellner mir noch einen Kaffee bringt. Inés hat sich gleich nach unserem Frühstück auf den Weg zur Arbeit gemacht. Ich greife zu meinem Handy. Ein kurzer Anruf zwischendurch, eine liebgewonnene Gewohnheit.

»Hallo?« Ihre Stimme, als ob sie neben mir stünde, als ob ich bloß die Hand auszustrecken bräuchte, um sie zu berühren. Dringend nötige Nähe.

»Hi, Miriam, ich bin's. Was machst du gerade?«

»Ich bin im Begriff, mit Tim zum Arzt zu fahren, und ...«

Im Hintergrund Tims hohe Stimme: »Mama, wer ist das?«

»Ist er krank?«

»Nein, er muss bloß geimpft werden. Und was machst du?«

»Ich mache mich gleich auf den Weg in die Uni.«

»Hast du es gut! Hörst du, Tim? Es ist Elena.«

Er jauchzt im Hintergrund und versucht offensichtlich, Miriam das Handy zu entwinden. Als sie es wieder im Griff hat, ist mein Akku beinahe leer.

»Miriam? Hör mal, gleich bin ich weg, mein Akku ...«

»Du fehlst uns! Und ich muss dir etwas erzählen: Ich habe mich umgehört, es gibt da eine Schule in Barcelona, eine Akademie, die ...«

Es piepst durchdringend, dann verstummt das Telefon. Herausgerissen aus dem Alltag, mit Macht wieder hineinkatapultiert. Ich bin wieder im Limón Negre und beobachte. Momentaufnahmen, Skizzen, die später zu Papier gebracht werden wollen: der alte Mann hinter seiner Zeitung, der seine Frau seit einer Stunde keines Blickes würdigt, die junge Frau, die unentwegt mit dem Kellner flirtet, obwohl ihr Freund neben ihr ihre Hand hält, die alte Frau mit dem Pudel, den sie verstohlen unter dem Tisch mit Kuchen füttert. Plötzlich verschließt sich mein Gedächtnis. Schuld sind die blauen Augen der Barkeeperin: Sie hat Ähnlichkeit mit einer Frau, die ich einmal kannte, Erinnerungen an eine längst vergangene Zeit. Vorbei.

Eine Vorlesung, zwei Stunden Malunterricht, dann springe ich in die Metro, fahre zum nächstgelegenen Supermarkt und mache mich anschließend, beladen mit Einkäufen, auf den Weg nach Hause. Flucht unter die Dusche, um einen klaren Kopf zu bekommen, erst heiß, dann eiskalt. Heute abend Kontrastprogramm – Kino mit Sergio, wie so oft in letzter Zeit, Ablenkung von der Sehnsucht. Jeden Mittwochabend Tangokurs, jeden Freitag Schwimmtraining, eine gewisse Normalität. Familienbesuche, Dezemberstimmung in der Stadt. Weihnachten fahre ich nach Hamburg, wieder ein paar Tage mit ihr, um anschließend den Rest der Zeit durchzustehen.

Seit einigen Tagen druckst sie am Telefon herum und heute der angefangene Satz über eine Schule in Barcelona ...

Ich würde gern hierbleiben, hier in Barcelona, für länger, viel länger, vielleicht für immer. Doch nur mit ihr.

Spät am selben Abend dann der ersehnte Anruf von ihr.

»Elena, ich habe mich erkundigt. Es gibt eine Ballettakademie in Barcelona, ganz in der Nähe deiner Universität. Sie suchen eine Lehrkraft. Ab dem Frühjahr. Was denkst du?«

Ein neues Jahr, ein Jahr mit ihr. Die vergangenen Monate für immer ein Teil von uns, die Erfahrungen, die Spuren, die sie hinterlassen haben, die guten wie die weniger guten, ich möchte sie nicht missen. Leicht wird es gewiss nicht werden, den Alltag miteinander zu leben, dessen bin ich mir bewusst, aber es wird sich lohnen. Für Miriam und mich. Für uns drei.

Miriam gehört zu mir. Sie ist Bestandteil meiner Entscheidungen und Träume, seit jenem Abend in Berlin, wo ich sie das erste Mal am Fenster stehen sah. Die Faszination, die von ihr ausging, ist geblieben; sie hat sich verändert, ist gewachsen über die Monate. Und tut es noch immer.